「えぇ……！
斬って斬って──
斬り刻む──ッ！」
「エリス！ 今──ッ！」
エリス
Eris
カーラリア王国の
聖騎士団に所属する天恵武姫。
一見すると不愛想だが
不器用なだけで根は優しい。
リップル
Ripple
エリスと同じくカーラリア王国を守護する天恵武姫。
少数民族の獣人種で犬の耳と尻尾を持つ。

ロシュフォール
Rochefort
敵国ヴェネフィクで
最強の呼び声高い将軍。
赤獅子の異名で
恐れられている。
「来い、アルル――っ!」
アルル
Arles
ヴェネフィク所属の天恵武姫。
リップルと同じく獣人種で
猫の耳と尻尾を持つ。
「はい……あなたの、
思うがままに――」

『…………！　天恵武姫《ハイラル・メナス》――――!?』
ロシュフォールの声に応じて
隣に進み出たのは、
女性の騎士だった。
だが恐らく、
ただの女性騎士ではない。
リップルと同じような、
獣の耳と尻尾を持つ
獣人種だった。
ラファエル
Raphael
ラフィニアの兄で王国の
最強戦力である聖騎士。
妹同様に正義感が強く
真面目な性格。

「これ可愛くていいよね。
エリスさんやリップルさんとお揃いだし――」
「さっすがクリスは何着ても似合うわね～♪
ほら回ってみて、くるくるー♪
笑顔でね～？」
ラフィニア
（ラニ）
Rafinha
イングリスの幼馴染で侯爵家の娘。
暴走しがちなイングリスを止められる
唯一無二の存在。
イングリス
（クリス）
Inglis
遥か未来で美少女に転生した元英雄王。
虹の王復活の情報を聞き王都へ帰還するが――。

英雄王、武を極めるため転生す
～そして、世界最強の見習い騎士♀～ 7

ハヤケン

HJ文庫
1004

口絵・本文イラスト　Nagu

Eiyu-oh,
Bu wo Kiwameru tame
Tensei su.
Soshite, Sekai Saikyou no
Minarai Kisi “♀”.

CONTENTS

005 — 第1章
15歳のイングリス 東部戦線 その1

086 — 第2章
15歳のイングリス 東部戦線 その2

116 — 第3章
15歳のイングリス 東部戦線 その3

139 — 第4章
15歳のイングリス 従騎士と騎士団長 その1

222 — 第5章
15歳のイングリス 従騎士と騎士団長 その2

250 — 番外編
ラフィニア対レオン

261 — あとがき

第1章 ◆ 15歳のイングリス　東部戦線　その1

それは、イングリス達《たち》が北方のアルカードで行動中の頃《ころ》――

カーラリア東部、隣国《りんごく》ヴェネフィクとの国境付近。

ラファエル・ビルフォード率いる機甲鳥《フライギア》部隊の前方には、無数の飛鳥型の魔石獣《ませきじゅう》が群れを成していた。

その敵集団の更《さら》に後方遠くには、巨大《きょだい》な氷塊《ひょうかい》と、その中に鎮座《ちんざ》する虹《プリズマー》の王の姿が視認《しにん》できる。

以前ラファエルとリップルが、任務でこの場所に運搬《うんぱん》して来たものだ。

元々はもっと内陸寄りに位置するアールメンの街で厳重に監視《かんし》されていたが、周囲に魔石獣を生む現象が散見されるようになり、辺境であるこの国境付近に輸送を行い、被害《ひがい》を少なくしようとしたのである。

それが、国境線でヴェネフィク軍と睨《にら》み合いを行う最中に更に一段階活性化をしてしまったようだ。

単に氷漬《づ》けの虹の王《プリズマー》の周囲に魔石獣が固まってたむろしているだけなら、放っておくのも一つの選択《せんたく》だ。

が、徒党を組んでこちらに向かって来るのならば迎撃《げいげき》は不可避《ふかひ》。

これはそういう状況《じょうきょう》である。

「皆《みな》さん！　ヴェネフィク軍も迫《せま》っている今、僕達《ぼくたち》はこんな所で大きな被害を出すわけには行きません！　出来るだけ慎重《しんちょう》に、被害を抑《おさ》えた戦いを心がけて下さい！」

「はっ！」

「承知しました！」

「ラファエル様のご指示の通りに！」

ラファエルの呼びかけに、配下の騎士達《きしたち》は士気高く応じてくれる。

だが、言った張本人のラファエルとしては、内心少々複雑だった。

ヴェネフィク軍に備えて、魔石獣には省力して臨《のぞ》む——

それは現状からすれば妥当《だとう》だが、本来自分の力は人々を魔石獣から守るためにあるものなのだ。

魔石獣という脅威《きょうい》がある地上の世界で、人同士が争う事はラファエルには頷《うなず》けない。

だからと言って嫌《いや》だと投げ出すほど子供ではないが、素直《すなお》に頷けない話である事は確かだ。

「みんなー。ラファエルも言ってるけど、あんまり頑張《がんば》り過ぎて怪我《けが》しないように、ほどほどにねっ？　元気が一番だから！」

リップルが努めて明るく愛想《あいそ》良く、騎士達を鼓舞《こぶ》する。

「「おぉ……リップル様の笑顔《えがお》が戻《もど》って来た……！」」

「「ああ、やっぱりいいなあ……！」」

「「やはり、これがないと――！」」

リップルは暫《しばら》く聖騎士団《せいきしだん》を離《はな》れて騎士アカデミーにいたため、こちらに戻って来たばかりだ。

聖騎士団の騎士達にとって、天恵武姫《ハイラル・メナス》のリップルがこうして笑顔で激励《げきれい》してくれるのは、戦場に立つ上で大きな心の支えになっているのである。

「ねえエリス？　みんな寂《さび》しかった！　って顔してるよ？　ちゃんとボクの代わりにみんなに笑顔で声をかけてあげてたのぉ？　そういうのって大事だよ？」

「こ、声はかけてたわよ……？　ちゃんとあなたの穴は私が埋《う》めていたつもりだから」

「ホントかなあ……？」

リップルは騎士達を振《ふ》り返り、視線で促《うなが》す。

「た、確かに普段《ふだん》より多めに声はかけて下さいましたが――」

「笑顔ではなかったような……」

「普段より気を張り詰《つ》めていらしたのか、ピリピリされていたような――」

との感想である。

「……あんまりできてなかったみたいだけど？」

「し、仕方ないじゃない……！　私はあなたみたいに愛想が良くないのよ――！」

「ま、まあまあ……人には向き不向きがありますから――エリス様はエリス様なりに頑張って下さったと思います」

「お。流石《さすが》フォローの達人のラファエル君は上手《うま》い事言うね～」

と、リップルはラファエルの背中をポンポンと叩《たた》く。

「ははは、どうも――」

「もういいでしょ。私は私の得意な事で貢献《こうけん》するわ。さあ、早く攻撃指示《こうげき》を出して頂戴《ちょうだい》」

エリスは双剣《そうけん》を抜《ぬ》き、前方の魔石獣の集団を見据《みす》えて身構える。

ラファエルは表情を凛《りん》と引き締《し》め、一つ頷いて見せる。

「総員、攻撃準備！　まずは遠距離《えんきょり》から一斉射《いっせいしゃ》し、その後エリス様を先頭に突撃《とつげき》し、敵を殲滅《せんめつ》します！」

「「「ははっ！」」」

騎士達が一斉《いっせい》に魔印武具《アーティファクト》を構える。

その形状は各員様々だが、共通しているのは遠距離攻撃《えんきょりこうげき》が可能な奇蹟《ギフト》を備えているという事だ。

聖騎士団は、対魔石獣の手練《てだ》れ集団である。各員が遠距離戦、近距離《きんきょり》戦のどちらにも対応できるよう複数の魔印武具《アーティファクト》を所持し、その扱《あつか》いに習熟している。

特に下級の魔印武具《アーティファクト》には火炎弾《かえんだん》を打ち出したり、氷の矢を飛ばしたりする単純な遠距離攻撃の内容の奇蹟《ギフト》のものが多いので、全員最低でもそれらの一つは扱える、という具合だ。

「構え――――！」

ラファエルの指示で、騎士達が一斉に攻撃の構えに入る。

炎《ほのお》や氷や雷《かみなり》や風や、様々な種類の力が騎士達の魔印武具《アーティファクト》に漲《みなぎ》って行く。

その様子を背中に感じながら、ラファエルは前方の敵集団から目を離さない。

一丸となった集団で、真っすぐこちらに向かって飛んでくるのは相変わらずだ。

もうすぐ、こちらの騎士達の攻撃の有効射程に入る――

「――入った！　撃《う》てえぇぇぇっ！」

力強いラファエルの号令と共に、炎や氷や雷や風の弾《たま》が無数に飛んで行く。

それらが一斉に着弾《ちゃくだん》。何体もの魔石獣が直撃《ちょくげき》を受け、地に堕《お》ちて行く。

その中でも、一人飛《と》び抜けて大量に敵を撃ち落としているのは、リップルだ。

黄金に輝《かがや》く二丁拳銃《けんじゅう》から繰《く》り出される光弾が、弾幕《だんまく》と化して相手を制圧して行く。

「「おおぉぉ……！　さすがはリップル様――！」」

騎士達から上がる感嘆《かんたん》の声。

「――調子は悪くなさそうね」

エリスも以前と変わらぬリップルの様子に安心したようだ。

「あったり前！　せっかくイングリスちゃん達に助けて貰《もら》ったんだから、天恵武姫《ハイラル・メナス》として前以上にバリバリ働かないとね！」

「ふふっ――じゃあ、私も見習おうかしら。さあラファエル、敵は散ったわ、接近して各個撃破《げきは》しましょう」

戦況《せんきょう》はエリスの言う通りだ。

遠距離からの一斉攻撃《いっせいこうげき》を浴びせられた魔石獣の一団はかなりの数を減じており、これは堪《たま》らないと散開して四方八方へと広がって行く。

「よし――各員、突撃！　散開した魔石獣を各個に撃破します！　被害を最小にするため、一体に対し必ず複数でかかるようにして下さい！」

「「おおおぉっ！」」

雄叫《おたけ》びを上げる騎士達より一足早く、エリスの乗る機甲鳥《フライギア》が全速前進を始める。

「先に行くわよ！」

「お、エリス張り切ってるぅ！」

「あなたばかりにいい格好はさせられないから、ね――操縦はお願い」

エリスは同乗するリップルに舵《かじ》を任せると、自分は船首の部分に乗り出して立つ。

高速飛行する機甲鳥《フライギア》の上で、空気抵抗《ていこう》など何も感じさせない綺麗《きれい》な立ち姿は、それだけで常人の身体能力でない事が窺《うかが》い知れる。

「よぉし――行くよ！　一番乗りっ！」

「ええ――！」

リップルの操縦で、機甲鳥《フライギア》は二体並んだ魔石獣の間に割《わ》り込《こ》むような軌道《きどう》を描《えが》く。

「受けなさいっ！」

ズバアアアァァァッ！

通り抜けざまに、エリスの双剣が左右一体ずつの魔石獣を襲《おそ》う。

凄《すさ》まじい切れ味の剣《けん》は、あっさりと魔石獣を両断。

その体は眼下の岩山に墜落《ついらく》して行く。

「まだまだ行くよ！」

「ええ、いくらでも！」

リップルは機甲鳥《フライギア》を急旋回《きゅうせんかい》させ、散開している別の魔石獣を追跡《ついせき》する。

エリスは荒《あら》っぽい急速旋回《せんかい》にも微塵《みじん》も姿勢を乱すことなく、近づく魔石獣をどんどん切り伏《ふ》せて行く。

少し距離《きょり》のある位置には、操縦桿《そうじゅうかん》から片手を離してリップル自身の銃撃《じゅうげき》が飛ぶ。

それもまた、どんどんと魔石獣を撃墜《げきつい》して行く。

もう二人だけで残りを全《すべ》て狩《か》りつくしてしまいそうな勢いだ。

「流石、お二人が揃《そろ》えば物の数ではない――――！」

「さあ、我々も続くぞ！」

「あの勢いでは、我等など必要ないかも知れんがな……！」

他《ほか》の騎士達《たち》もそう言いながら、エリスとリップルの後に続く。

彼女《かのじょ》達に頼《たよ》りきりになるのは良くないが、その存在に勇気と士気を貰い、共に戦うのが聖騎士団の戦い方だ。

リップルが戻って来てくれて、エリスも騎士達も、本来の姿を取り戻したと言える。

皆それぞれに、頼《たの》もしい。

これもリップルを救ってくれたという、イングリスやラフィニア達騎士《きし》アカデミーの面々のおかげだ。

戦況を俯瞰《ふかん》するラファエルは心の中で、イングリス達に呼びかける。

（クリス、ラニー――みんなのおかげで、リップル様も無事戻って来て下さったよ。本当にありがとう……！　ここからは僕達が、この国を守ってみせる――！　だから安心して、騎士アカデミーで訓練と勉強に励《はげ》んでいてくれ――）

とはいえリップルの話では、騎士アカデミーの食堂は崩壊《ほうかい》したそうだから、イングリスとラフィニアは食べるものには少々難儀《なんぎ》しているかもしれない。

ひもじい思いをしていると可哀想《かわいそう》なので、この任務を終えたら帰りにユミルに寄って、実家の侯爵《こうしやく》家から何か保存の利《き》く食べ物を運んであげるのがいいかも知れない。

そんな事を考える余裕《よゆう》がある程には戦局は安定し、こちらは大した被害も出さずに敵は見る見る数を減らしていく。

「ラファエル様！　こちらに向かってきた魔石獣は全て撃退《げきたい》しました！」

それから程無《ほどな》く、副官の騎士がそう報告を上げる。

「皆さん、よくやって下さいました！　負傷者はすぐに手当てを！　哨戒《しょうかい》の一隊のみを残して、母艦《ぼかん》に帰還《きかん》します！」

「「「はは っ！」」」

ラファエルの呼びかけに騎士達は頷き、聖騎士団は意気揚々《いきようよう》とセオドア特使の専用船へと帰還を始める。

「ラファエル！　ボクも少し残って、様子を見させて！」

そうリップルが申し出た。

「ええ分かりましたリップル様、くれぐれも無理はなさらないようにして下さい」

「うん、大丈夫《だいじょうぶ》だよ。見るだけだから」

「じゃあ私も付き合うわ。ラファエル達は先に戻っていて」

「はい、では本隊は先に帰還します――――！」

ラファエルは本隊を率いて帰還して行き、哨戒のための少人数と、リップルとエリスだけが残った。

「エリス様、リップル様！　我等は哨戒を続けます！」

「うん、ご苦労様～」

リップルは笑顔で愛想良く、散って行く騎士達に手を振って労《ねぎら》う。

「で、どうするのリップル？」

「うん。ちょっと――もう少し氷漬けの虹の王《プリズマー》に近づいてみたいなって。前にここに運んで来た時と、変わってそうだから」

「――そうなの？　私は前は別任務だったから……」

「前に運んだ時、途中《とちゅう》で少しは魔石獣が生み出されてたけど、あんなに大量じゃなかったんだよ。だから――」

「力を増している――と言うの？」

「かも知れないよ。近くに寄ってみれば、もう少しはっきり分かると思うから――」

「分かったわ。行ってみましょう」

エリスとリップルは頷き合い、機甲鳥《フライギア》の進路を虹の王《プリズマー》の本体に向ける。

――だんだん距離が近づいていく。

新たに魔石獣が生まれてくる事は無かったが、身震《みぶる》いをしたのはどちらが早かっただろうか。

「――うぅ……！　エリス――」

「――言わなくても分かるわ、リップル。これは――」

「うん……いつ動き出しても不思議じゃない――！」

エリスもリップルも、天恵武姫《ハイラル・メナス》として長い時を過ごしている。

いったい何年経《た》つのか、考える事も数える事も、もうしなくなった程だ。

完全体の虹の王《プリズマー》と対峙《たいじ》した経験も、一度や二度ではない。

だから分かる。一国をも滅《ほろ》ぼすとされる、その圧倒的《あっとうてき》に強大な力――

二度と味わいたくないと毎回思うが、何度も対峙させられて来た存在感。

それが今、目の前の氷漬けの虹の王《プリズマー》からはそのまま感じられるのだ。

これはいつ起き出して来ても、何ら不思議はないと思われる。

今こうして大人しく氷の中に入っているのは、単なる気まぐれと言っていいだろう。

その気まぐれがいつまで続くかは分からない。

ひょっとしたら放っておけば何年も何十年もそのままかも知れない。

逆に、今すぐにでも目覚めて動き出すかも知れない。

虹の王《プリズマー》の考えている事など、エリスにもリップルにも知る術は無い。

「また、虹の王《プリズマー》と戦う時が来たのね――今度もまた……」

虹の王《プリズマー》が蘇《よみがえ》る時。

それは、天恵武姫《ハイラル・メナス》が真の力を発揮するべき時。

武器形態化した天恵武姫《ハイラル・メナス》を手に取った聖騎士が、人々の最後の希望として虹の王《プリズマー》と対峙し――そして命を投げ出す。

勝とうとも、負けようとも、聖騎士は助からない。

エリスもそれは何度も見て来た。何度抗《あらが》おうとしても、変えられない運命だった。

今度の順番はラファエルだ。それが、もうすぐ――

これぱかりは何度経験しても慣れない、また慣れてはいけない心の痛みを感じる。

自然と震《ふる》え出すエリスの手に、リップルがそっと手を重ねて落ち着かせた。

エリスは不愛想で他人に興味の無い性格だと思われがちだが、そんな事は無い。

人一倍繊細《せんさい》で優《やさ》しいのだ。自分達天恵武姫《ハイラル・メナス》の特性を考えれば、それはどうしても必要な事とは言え、聖騎士やその家族にとってみれば死神も同じ。

その事を気に病《や》んでいるから、なるべく踏《ふ》み込まないように、一定の距離を保とうとしているだけだ。

それ程気にしているくらいだから、いざ何かある時の精神的な動揺《どうよう》はエリスの方が大きい。

ここは自分が支えてあげなければ、とリップルは思う。

「何かを変えられるとしたらあの子、イングリスちゃんだよ――――！　今回はきっと、あの子が何かを変えてくれるって信じようよ……！　あの子の性格はさておき、力だけはほんと信じられない位だから……！」

「え、ええ――そうね。そうするしか、今の私達には……」

「とにかく戻って、この事を伝えないとだね――虹の王《プリズマー》はなるべく刺激《しげき》しないようにして、現状維持《いじ》。その間にこっちにイングリスちゃんを呼んで貰おう？」

「ラファエルは反対するんじゃないかしら？　あの子にそんな危険な事はさせられないって――」

「……言うかもだね。むしろイングリスちゃんの場合はどんどん危険な所に連れて行ってあげた方が本人喜んで、仲良くなったり口説いたりするチャンスだと思うけどね」

「まあそれは、本人同士の問題よ。それに全ては、この虹の王《プリズマー》を何とか出来ての話よ。とにかく、あの子を呼んで貰う話は、まずラファエルではなくセオドア特使に話してみましょう？　虹の王《プリズマー》の様子については、皆に話さないといけないわね」

「うん、そうだね。それがいいかも――暫くヴェネフィク軍が大人しくしててくれればいいんだけどね」

虹の王《プリズマー》についてはもはや一刻の猶予《ゆうよ》もない状況なのは確かだが、元々聖騎士団は国境に進出して来たヴェネフィク軍を抑えるために出陣《しゅつじん》してきたのである。

この場所に虹の王《プリズマー》を運んで来たのはこちらだ。

それは元々は安置されていたアールメンの街の被害を抑え、侵略《しんりゃく》を企《くわだ》てるヴェネフィク

軍への牽制《けんせい》の意図もあり——

結果的に何が良かったのか悪かったのか、なんとも言えない状況である。

つまりそれらがこれから決まる——とも言える。

「そう願いたいわね。虹の王《プリズマー》が動き出したら、人同士で争っている場合なんかじゃないのよ」

天恵武姫《ハイラル・メナス》は魔石獣から人々を守るべき存在。

地上の人間同士の争いを見たくはないし、それに手を貸す事も、本音ではあまり好まない。

とはいえ攻《せ》めて来る者がいる以上、そうも言っていられないが。

「とにかく、引き返すね——」

「ええ、そうしましょう」

リップルが操舵《そうだ》をし、機甲鳥《フライギア》は回頭して母艦へと進路を向ける。

少し進んだところで——

(お願い——お願いします……)

リップルの頭の中に、誰《だれ》かの声が響《ひび》いた。

「え……？　何エリス？　今何か言った？」

「？　いいえ、何も言わないわよ――？」

エリスはきょとんとした顔で首を振る。

「ええっ？　でも確かに今声が聞こえたよ……？」

どうやらエリスには聞き取れなかったようだ。

（お願い――軍隊を引いて、逃《に》げて下さい……でないと、大変な事が起きてしまう――）

「……！　また聞こえた！　軍を引いて欲《ほ》しいって言ってるみたい……！」

「ええっ……!?　誰がそんな――あの虹の王《プリズマー》の声？　軍がどうとか、そんな事を言って来るものかしら……？」

「違《ちが》うんじゃないかな？　虹の王《プリズマー》の声なら、エリスにも聞こえてると思うし――」

同じ天恵武姫《ハイラル・メナス》なのだから、魔石獣に関《かか》わる事ならばエリスにも聞こえているだろうと思う。

そもそも、長い天恵武姫《ハイラル・メナス》としての経験の中で、虹の王《プリズマー》の声を聞いた事など一度も無いが。

虹の王《プリズマー》とは意思の疎通《そつう》など土台無理な、絶対的な破壊者《はかいしゃ》なのである。

「じゃあひょっとして――まだ、あなたの体に起きた異常が治っていないの……!?　そんな――大丈夫？　どこかが痛いとかはない？」

エリスが心配そうな顔をする。

「まあ確かに、ボクに施《ほどこ》された仕掛《しか》けっていうのは何も変わってないから、治ってはないんだけど――」

リップルに施された仕掛けとは、元々のリップルの同種、獣人種の魔石獣を召喚《しょうかん》してしまうというものだった。

呼び出された獣人種の魔石獣により、リップルのいる街、国が攻撃されて大きな被害が出る事を狙《ねら》ったものだ。

獣人種独自の交信能力を利用した罠《わな》であり、それが故《ゆえ》に呼び出す魔石獣は獣人種が変化した個体のみ。

獣人種は既《すで》に滅びた種族であるため、それらを全て撃破してしまえば、新たに魔石獣が呼び出される事は無い、と言うわけだ。

イングリスが提案した、最も力押《お》しで荒っぽい解決方法だった。

結果リップルは何も変わらず、呼び出す敵が存在しなくなったため罠は無効化された。

これは天上領《ハイランド》の二大派閥、教主連合と三大公派のうち、積極的に地上に機甲鳥《フライギア》や機甲親鳥《フライギアポート》を下賜《かし》し始めている三大公派側に寄ろうとしているカーラリアの国の姿勢に対する、教主連合側からの制裁であると、三大公派側のセオドア特使は言っていた。

リップルは教主連合側で生み出された天恵武姫《ハイラル・メナス》なのである。

対してエリスは、三大公派側で生み出された天恵武姫《ハイラル・メナス》だ。

だから、リップルの体に異変が起きた時も、エリスには何の異常も無かった。

仮に似たような仕組みがエリスに施されていたとしても、それを使用してカーラリアを制裁する理由が、三大公派側には無いのである。

伝統的にカーラリアの国と言うのは、教主連合と三大公派の両取りを考え、片方に偏重《へんちょう》しない方針を取っている。

三大公派からエリス、教主連合側からリップルを下賜して貰っている事からも、それは明らかだ。

カーリアス国王の考え方も、その伝統に倣《なら》ったものである。

しかし、その後継《こうけい》であるウェイン王子の考え方は、現国王とは異なっており、三大公派から積極的に機甲鳥《フライギア》や機甲親鳥《フライギアポート》を下賜して貰い、カーラリアの軍を強化しようとしている。

その先には、天上領《ハイランド》と地上の国を少しでも近づけ、対等な立場にして行くという目標があるように思う。

ウェイン王子と個人的に親しいセオドア特使は、それを認め、後押《あとお》ししているように見える。

その二人の動きは、本当に実現するのであれば素晴《すば》らしい事だが、危険でもある。

リップルの体に起きた異変。

そして今回のヴェネフィクからの侵攻《しんこう》。

いずれもウェイン王子やセオドア特使の動きと無関係ではないだろう。

「今回は別にどこも違和感《いわかん》は無いし、ボクの体に異変が起きてるわけじゃないみたい。聞こえてくる声にも、敵意は感じないし――」

リップルはエリスにそう応じると、姿の見えない相手に向けて呼びかける。

「ねえキミは誰？　どうしてボクに言うの？　軍を引かないと、どうなるって言うの？」

（あなたにしか、私の声を届けられないから――このままでは、生まれなくてもいい悲しみが生まれてしまう……だからお願い――）

「生まれなくてもいい悲しみ……？　それだけじゃ分かんないよ、これでもボクって現実主義者なんだよね。確かに虹の王《プリズマー》の状態はヤバいけど、下手に下がり過ぎたらヴェネフィク軍の侵入《しんにゅう》を止められないし、もっと具体的に理由を――」

（お願い――お願い……早く逃げて――）

それっきり、声は聞こえなくなり――

「おーい？　おーい！　どうしたの？　何も聞こえないよ？　大丈夫!?」

「……私にはずっと何も聞こえないわね」

「う、うーん……？　よく分からないなあ、とにかく帰ろ。まずは虹の王《プリズマー》の事だよ、イングリスちゃんをここに寄越《よこ》して貰わないと――」

「分かったわ。でも何かあったらすぐに言うのよ？」

「……聖騎士団のみんなは勿論《もちろん》、騎士アカデミーのみんなとかにも沢山迷惑《たくさんめいわく》かけちゃったけど――一個だけいい事があったなあ」

「――？」

「んふふ～。エリスがいつもより優しい♪」

リップルはエリスに向け、悪戯《いたずら》っぽい笑《え》みを向ける。

「……っ!?　も、もう――そんな事言ってる場合じゃないでしょ。私はあなたが不調だと戦力が低下するのを心配して――」

「はいはいありがとありがと。じゃあ、急ぐね！」

「ええ――」

二人を乗せた機甲鳥《フライギア》は、最高速で母艦へと引き返して行った。

◆◇◆

それから数日が経った、セオドア特使の専用船。

今はヴェネフィク軍の侵攻に対する聖騎士団の母艦として使用されている。

内部艦橋《かんきょう》側にある、作戦指令室兼《けん》会議室で——

「ヴェネフィク軍側からの回答は『そちらからの提案は受け入れられない。そもそも虹の王《プリズマー》をこの地に運んだのはそちらである。カーラリア側の責任で対応されたし』との事です——!」

伝令役を務めてくれた騎士が、そう報告をする。

「……そうか、ご苦労だった——」

ウェイン王子は、あまり表情を動かさずに返答を受け入れ、騎士を労う。

「想定されていた返答ではある、な——」

そうして瞑目《めいもく》をし、そう述べる。

「あちらからすれば、こちらが虹の王《プリズマー》を盾《たて》にしているように見えるのは仕方ありませんね——」

セオドア特使は少々残念そうだ。

リップルとエリスから、虹の王《プリズマー》がいつ起き出してもおかしくない状態であると報告を受けたウェイン王子は、ヴェネフィク側に休戦を申し入れたのである。

また、虹の王《プリズマー》がもし動き出した場合には共闘《きょうとう》を――と。

その申し入れに対する返答が、先程《さきほど》の報告である。

「そういうつもりが全く無いとは、言い切れぬから――な。確かにヴェネフィクの動きへの抑止《よくし》に繋《つな》がればという計算はあった。だが、全く通じぬとはな……」

「だけど、カーラリア側の責任で対応しろと言うけれど――魔石獣やましてや虹の王《プリズマー》に、地上の国の事情なんて通用しないわ。虹の王《プリズマー》が起き出したら、カーラリアの方に進むか、ヴェネフィクの方に進むか――それすらも分からないのに……」

こうなった以上、再び虹の王《プリズマー》をどこかに運ぶという事も出来ない。

一切《いっさい》の外部からの刺激は避《さ》けた方がいいからだ。

この状況で虹の王《プリズマー》が起き出し、ヴェネフィク側に進路を取ってしまった場合、ヴェネフィク軍はどうするつもりなのだろうか。

そこで初めてカーラリアに頼る？　しかしカーラリア側からそう都合よく助力を得られるはずもないだろう。

であれば、一旦《いったん》様子見をし、虹の王《プリズマー》については共闘も辞さないという態度を取っておいた方が安全だと、エリスには思えるのだが――

「危険だわ。虹の王《プリズマー》を甘《あま》く見てる。何かあってからじゃ遅《おそ》いのに……」

「あちらにも引けぬ理由があるのかも知れませんね――ヴェネフィクの国には教主連が後ろについていますから、何かしら引けない厳しい条件を突《つ》き付けられているかもしれません……」

セオドア特使は少し伏し目《め》がちに言う。

「ヴェネフィクがカーラリアの国土を狙い侵入を繰り返すのは、以前からの伝統だが――な。そこに何らかの天上領《ハイランド》からの圧力が加わり、このような出方となったか――」

ヴェネフィクの国土は、痩《や》せた荒野《こうや》が多く人々の生活は決して豊かではない。

カーラリアの豊かな国土を手にすることは、ヴェネフィクにとっては悲願なのだ。

カーリアス国王やウェイン王子の何代前からも、その伝統は変わっていない。

「ねえ、もし――」

「どうしました？　リップル様？」

何かを言いかけたリップルに対し、ラファエルが反応をした。

「あ、いや……ゴメン何でもないよ。気にしないで、はははっ」

リップルは笑って誤魔化《ごまか》した。

口にしかけていたのは、もし虹の王《プリズマー》が目覚め、ヴェネフィク側に進行を始めた場合、こちらはどうするのか――という事だ。

魔石獣に国境は関係ない。

魔石獣によって苦しむ人々にも、国境は関係ない。

理想を言えば、それはヴェネフィク側に行ったとしても、全力を以《もっ》て助けるというのが人道的であり、格好よくもあるのだが――

虹の王《プリズマー》に全力で対峙するという事は、武器化した天恵武姫《ハイラル・メナス》を投入するという事、そしてそうなれば、ラファエルの身は――

それが分かっている自分が、仮定の話を、しかもラファエルのいる前で口にするような話ではなかった。

もしそうなったのであれば、そこはウェイン王子やラファエルの判断に任せる他は無い所だ。

ヴェネフィク側に行ったのだから、手を出さず放置するという結論になっても、その判断を責めてはいけないと思う。

武器化は絶対に使わない前提で、救援《きゅうえん》を行うくらいは進言してもいいが――

だがそれよりも何よりも、リップルとエリスとしてはイングリスだ。

イングリスなら虹の王《プリズマー》がどこに向かおうが戦ってくれればいいし、本人も喜ぶだろう。

それで虹の王《プリズマー》を倒《たお》せれば、何も問題ない。万々歳《ばんばんざい》だ。

そうなれば地上の守護者たる天恵武姫《ハイラル・メナス》の存在意義の否定にもなりかねないが、それは構わない。

天恵武姫《ハイラル・メナス》が不必要と言う事は、虹の王《プリズマー》の脅威が無いという事。

もうこれ以上の悲しみが生まれないのであれば、自分は用済みになっても、捨てられても構わない。むしろ本望《ほんもう》だ。

既にセオドア特使には相談をし、イングリスを呼び寄せて貰う事は依頼《いらい》をしてある。その後セオドア特使からウェイン王子にも事情は伝えられただろう。

ともあれ今は時間を――なるべく事態を引き延ばして待たねばならない。

避けられぬ死と悲しみを振り撒《ま》いて強大な敵を討《う》つよりも、ニコニコ楽しそうに笑いながら叩き潰《つぶ》す方が、みんな幸せになれるだろう。

少なくとも自分はその方が嬉《うれ》しい。リップルはそう強く思う。

「ともかく、こちらの動きだが――」

ウェイン王子が場を仕切り直した時――

「失礼致《いた》します！　哨戒班より急ぎ報告に上がりました！」

慌《あわ》てた様子で、哨戒に出ていた騎士が作戦指令室に駆《か》け込んで来た。

「ご苦労様です。何か虹の王《プリズマー》に変化が……!?」

ラファエルが部下を労いながら事情を尋《たず》ねる。

「はっ！　氷漬《づ》けの虹の王《プリズマー》より多数の飛鳥型の魔石獣《ませきじゅう》が発生しております！　かつてない数です！　見た所、一千は下りません！」

「む……!?」

「多いですね――やはり虹の王《プリズマー》の目覚めが近いと……」

報告を聞いたウェイン王子とセオドア特使の顔に緊張《きんちょう》が走る。

「……！　すぐに全軍に通達！　迎撃《げいげき》の準備を……！」

「いえ、それが……！」

ラファエルの指示に、騎士は何か言いたい事がある様子だ。

「？　どうしました？」

「迎撃の必要があるかは――魔石獣の軍団は、一斉に東へ……ヴェネフィク領側への進路を取っています――！」

「……！　こちらに進んでも迎撃されるから、別の進路を取ったというの……!?」

「どうかなあ、魔石獣の考えてる事なんて分かんないよ。たまたまかも知れない――」

「ええ、そうね。でも、いずれにせよ――」

カーラリア側としては第一級の緊急《きんきゅう》事態と言うわけではないが――

その分、事は複雑であるとエリスは思う。

虹《プリズマー》の王や魔石獣に対する共闘は、ヴェネフィク側にきっぱりと断られたばかりなのである。

であれば、この魔石獣の軍団は放置するという選択肢《せんたくし》も、現実的には候補に挙がるだろう。

元々虹《プリズマー》の王をここに運んで来たのはカーラリア側だが、元々カーラリア側への侵入を目論《もくろ》んで軍を出して来たのはヴェネフィク側だ。

魔石獣と侵略者《しんりやくしや》が相互《そうご》に潰し合い、結果的に自分達は虹《プリズマー》の王の目覚めに備えて万全《ばんぜん》の体制を維持できるならば――

勿論、心情的に罪悪感も複雑なものもありはするが。

エリスも、リップルも、色々考えてこうするべきという意見が言えない中――

「……指示は変わりません。迎撃準備！」

ラファエルはきっぱりとそう宣言をする。

「ラファエル――」

やはり、元々ここに虹《プリズマー》の王を運んで来たからには――という事のようだ。責任感の強いラファエルらしい。

「……まあ、あれを運んで来たのはこっちだし――ね。悪くないと思うよ」

「あ、いえ――そうではないんです。ただ……どんな時でも、誰が相手でも、魔石獣の脅《きょう》威《い》に晒《さら》される人達を守る――僕《ぼく》はそのために騎《き》士《し》になったんです。だから、黙《だま》って見ている事は出来ません……！」

「「……」」

エリスやリップルが思っていたよりも、更《さら》に純粋《じゅんすい》で打算の無い理由だった。

確かに、魔石獣から人々を守る騎士はそうあるべき。そうあり続けたい姿ではある。

聖騎士団《せいきしだん》で何年も任務を共にしているが、ここで様々な経験をしてきても、こういうところは全く変わらない。

時々その純粋さと清らかさに、心を洗われるような気分にさせられる。

それが、ラファエルの人間的な魅力《みりょく》だと言えるだろう。

エリスもリップルも妹のラフィニアを知っているが、やはり兄妹《きょうだい》。

人としての芯《しん》の部分がそっくりだ。

「ウェイン王子、セオドア特使、出撃《しゅつげき》の許可をお願いします！」

「……ボクからも、お願い。無茶《むちゃ》な事はしないから」

「――私も一緒《いっしょ》に行きます」

リップルとエリスは、ラファエルの援護《えんご》に入る。その打算なき姿勢こそが、

「──ああ、この状況《じょうきょう》でお前を止められるとは思っていない。その打算なき姿勢こそが、敵国との間にも信頼《しんらい》を生むものと信じさせて貰おう。頼むぞ──」

「ただし、リップル殿の言う通り無茶は絶対に避けて下さい。あなたの担《にな》うものの重さを、決してお忘れにならぬよう──」

「はい……！　では出撃します！　エリス様、リップル様、行きましょう！」

「ええ──！」

「うん……！　分かった！」

ラファエルとエリス、リップルは急ぎ機甲鳥《フライギア》の格納庫へと向かった。

◆◇◆

急ぎ出撃したラファエル率いる聖騎士団は、全力で東方面へと進路を取った。

程《ほど》なくして、目標の位置は容易に分かった。

飛鳥型の魔石獣が一丸となった巨大《きょだい》な影《かげ》が、空を黒く染めているからだ。

「本当に凄《すご》い数だわ──！」

「うん……！　只事《ただごと》じゃないよ、これは――――！」

虹の王《プリズマー》の動きはどんどん活発化している。

目覚めの時は近い――そう思わざるを得ない。

それまでに前線にイングリスがやって来ることを祈《いの》りつつ――今はあの巨大な群れを、何とかせねばならない。

エリスとリップルの認識《にんしき》は一致《いっち》していた。

「ねえラファエル！　どう攻めるかは、何か考えてるの……？」

「まともに突っ込むには数が多すぎるわね――進路に先回りして迎撃しても、あれだけの数では止めきれないわ……！」

「なるべく被害《ひがい》の少ない戦法で行きます！」

「被害の少ない……!?」

「それができればいいけど――――！」

「はい、僕とエリス様とリップル様の三人だけで突撃《とつげき》を行います！　後続は遠巻きから安全確保をしつつ、散った敵を遠隔攻撃《えんかくこうげき》で仕留めて行きます！」

「……ええええぇ～!?　三人だけで行くの？」

「あなたらしくない戦法ね――」

「はい、ですが——結局はこれが、一番全体の被害は少なくなります！」

自分だけが突出《とっしゅつ》して個人の力で状況を覆《くつがえ》すような戦いは、ラファエルとしては余り好みではない。

それでは仲間の——聖騎士団の騎士達《きしたち》が自分に頼りきりになってしまいかねないからだ。

自分は虹の王《プリズマー》が出現したならば、命を賭《と》して戦わなければならない立場。

もし自分がいなくならざるを得なくなった時、その後自分に頼りきりになってしまった騎士達が、碌《ろく》に働くことが出来ないという状況になって貰《もら》っては困る。

だから他の騎士達の練度を高め、それぞれが自立して人々を守る事が出来る集団となるよう、常に気を払《はら》っていた。

立場を同じくしていたレオンが聖騎士団を去ってからは、特にそうだ。

自分がいなくてもレオンがいる——という考えが出来なくなった。

ただ、そのことは残念に思っているが、恨《うら》むわけではない。

レオンの考えも理解出来なくはない。

それに、レオンが聖騎士団を去る切《き》っ掛《か》けになった事件は、ラファエルの故郷ユミルで起きた事。

ある意味レオンが、自分の家族の危地を救ってくれたともいえる。

――様々な思いはあるが今この状況では、この作戦が最も適しているだろう。

「副長！　聞いての通りです！　僕達《ぼくたち》三人が突入《とつにゅう》しますから散った敵を遠巻きに攻撃《こうげき》して下さい！　こちら側の指揮は任せます！」

「はい、ラファエル様……！　各員、遠距離《えんきょり》攻撃《こうげき》の布陣《ふじん》に移れ！　決して孤立《こりつ》はせず、お互《たが》いに援護可能な距離《きょり》を保つのだ！　陣形《じんけい》を維持しつつ、ラファエル様達の後に続く！」

「「「ははっ！」」」

ラファエルの指示を受けた副長が、後を引き受けて隊列を整えはじめる。

「さあ行きましょう、エリス様、リップル様！」

ラファエルは副長と同乗していた機甲鳥《フライギア》から、エリスとリップルが乗る機甲鳥《フライギア》に飛び移った。

「ええ――！　分かったわ！」

入れ替《か》わるように、エリスは船首部分に立って双剣《そうけん》を抜《ぬ》き、突撃に備える。

「よぉっし……！　全速力で行くよ！　振《ふ》り落とされないでよね！」

リップルはぐっと操縦桿《そうじゅうかん》を握《にぎ》る手に力を込《こ》める。

「はい、行って下さい！　僕は振り落とされても大丈夫ですから――！」

「ふふっ。確かにラファエルはそうだよね、じゃあ行くよっ！」

リップルは機甲鳥《フライギア》の全速を出し、単機突撃を開始する。

これは、特別に推力を強化された高速型のもの。

あっという間に部隊の隊列から抜け出し、飛鳥型の魔石獣の群れに肉薄《にくはく》して行く。

そんな中、ラファエルは自身の長剣《ちょうけん》の魔印武具《アーティファクト》を抜き放つ。

紅《あか》い宝石のような半透明《はんとうめい》の刃《やいば》は淡《あわ》く発光し、柄《え》の部分には伝説の生き物と言われる竜《りゅう》の意匠《いしょう》がある。

これはラファエルが好んでこのような意匠にしたというわけではなく、授《さず》かった時から元々こうだった。

銘《めい》を神竜の牙《ドラゴン・ファング》といい、その名の通り強大な竜の牙を素材として製造された魔印武具《アーティファクト》であると聞いた。

どうやら竜という存在は地上の人間にとっては伝説の中のものだが、天上領《ハイランド》にとっては現実的なものであるらしい。

分類で言えば上級魔印武具《アーティファクト》となるのだが、その威力《いりょく》は武器化した天恵武姫《ハイラル・メナス》を除けば最強と言われ、他《ほか》の上級魔印武具《アーティファクト》と一線を画した威力を発揮する。

その事は後にこの神竜の牙《ドラゴン・ファング》を目にしたセオドア特使も認めるところで、極《きわ》めて強力だが、体への負荷《ふか》もその分重いため多用は控《ひか》えた方がいいと忠告された。

確かに使った体感としてもその通りだ。

最初にこの魔印武具《アーティファクト》が聖騎士団に下賜された時、レオンとどちらが使うかを話し合ったのだが、彼《かれ》は疲《つか》れるからやめておくと言ったほどだ。

それ以来、ラファエルがこの魔印武具《アーティファクト》を使っている。

「はあぁぁぁぁ………！」

ラファエルは神竜の牙《ドラゴン・ファング》の刀身を目の前に掲《かか》げ、手を触《ふ》れて意識を集中する。

――刀身からどくどくと、何かが脈打つような力が流《なが》れ込んでくるのが体感できる。

元は竜の牙であったこの魔印武具《アーティファクト》の、牙の持ち主の竜の魂《たましい》や力などと言ったものだろうか。

実際、この神竜の牙《ドラゴン・ファング》から、ラファエルは何らかの意思のようなものを感じる。

始めは少し使うだけで疲労困憊《ひろうこんぱい》になっていたが、使っているうちに負荷が段々と軽くなって来たのだ。

単に慣れたというだけではなく、剣《けん》の意思がラファエルを認め、力を貸してくれるようになった――そんな気がするのだ。

と、共にラファエル自身も剣に慣れ、その存在に近づいて行くように思う。

この牙の持ち主だった、強大な竜という存在に。それが行き着いた先には――

「追いついたっ！　突撃いいいぃいいぃいっ！」

リップルが操縦桿から片手を離《はな》し、銃撃《じゅうげき》を構える。

銃口《じゅうこう》にいつもの光弾とは違う、黒く歪《ゆが》んだ渦《うず》のような輝《かがや》きが生まれていた。

「まずは、こいつっ！」

リップルが放った黒い渦を巻くような弾は、高速で前方の魔石獣に着弾《ちゃくだん》。

すると、魔石獣の全身を黒い渦が侵食《しんしょく》し――

ズズズズズ――ッ

更に拡大する渦が周辺の魔石獣も引き寄せて行く。

このリップルの弾丸《だんがん》は、このように強力な重力の『目』を生み出す効果がある。

その影響《えいきょう》を受けた魔石獣達《たち》は、抗《あらが》う事が出来ずに一か所に固められ、巨大な一つの塊《かたまり》のように密集をする。

「エリス！　今――ッ！」

「ええ……！　斬《き》って斬って――斬り刻む――ッ！」

船首に立ったエリスの双剣が、目にも留まらぬ速さで閃《ひらめ》く。

縦横無尽《じゅうおうむじん》に繰《く》り出される剣閃は空間を飛び越《こ》え、リップルが作り出した魔石獣の塊を襲《おそ》う。

凄《すさ》まじい切れ味を持つそれは、エリスの言葉通り、魔石獣の密集した球体をズタズタに斬り刻んで行く。

ものの数秒のうちに、球体はいくつもの細切れた残骸《ざんがい》となっていた。

「――さあ次ッ！　どんどん来なさい！」

「オッケー！　まだまだ行くよっ！」

二人の戦う姿は、ラファエルから見ても頼《たの》もしい。

そうやって一瞬《いっしゅん》にして数十体の魔石獣を仕留めたエリスとリップルだが、敵の大集団の数からすれば微々《びび》たるもの。

この調子で攻撃を続けて貰いたいが、この力をずっと出し続けられるわけではない。

疲労《ひろう》すれば勢いは落ちてしまうだろう。

そうなる前に――自分の力も加えて、一気に敵の集団を切り崩《くず》し、散り散りにさせる。

その後は散った敵を各個に撃破《げきは》すればいい。

いくらかがヴェネフィク軍側に到達《とうたつ》したとしても、数を減らしておけば向こうの対応も容易になるはずだ。

「──僕も行きますッ！　うおおおぉぉぉぉぉっ！」

グオオオオオォォォォンッ！


ラファエルが吠《ほ》えると、それに呼応するように何か巨大な生き物の咆哮《ほうこう》が鳴り響く。

この神竜の牙《ドラゴン・ファング》が発する、竜の咆哮だ。

それと同時に、ラファエルの身は神竜の牙《ドラゴン・ファング》の刀身と同じ、紅い色の鎧《よろい》に包まれていた。

鎧の背には硬質《こうしつ》の、これも紅い色の翼《つばさ》が現れていた。

この神竜の牙《ドラゴン・ファング》の扱《あつか》いに慣れ、剣との絆《きずな》を深めていくうちに発現するようになった、形態変化である。

神竜の牙《ドラゴン・ファング》が秘《ひ》める竜の力が、ラファエルに力を貸してくれている証拠《しょうこ》だ。

「思い切りやっちゃえ……！　ラファエル──！」

「疲れたらこっちに戻《もど》って！　あとは無事に連れ帰ってあげるから──！」

「はいっ！　でやあああぁぁぁぁぁっ！」

ラファエルは勢い良く機甲鳥《フライギア》の甲板《かんぱん》を蹴《け》って上に飛び出す。

この翼は飾《かざ》りではなく、竜に比《ひ》肩《けん》するような強烈《きょうれつ》な飛行能力も備えている。

剣を体の前に構え、群生する魔石獣の群れを上へと突っ切る。

バシュン！　バシュバシュバシュバシュバシュバシュバシュ――――ッ！

ラファエルの進路上に居合わせた魔石獣は、まるで手応《てごた》えも感じさせずにその身を両断された上、剣が発する膨大《ぼうだい》な熱の力によって燃《も》え尽《つ》き、蒸発するように消えて行く。

集団を上へ突き抜け下に視線を送ると、ラファエルが飛び上がった軌道《きどう》だけが綺麗《きれい》に何も無くなっており、エリスとリップルの姿が小さく見て取れた。

しかしそれも一瞬。

無数の魔石獣によって空間を埋《う》められ、彼女達《かのじょたち》の姿は見えなくなる。

「まだまだあぁぁぁぁっ！」

ラファエルは飛行軌道を切り返し、今度は上から斜《なな》め下方《した》向に敵陣《てきじん》を切り抜ける。

再び何も抵抗《ていこう》できず、魔石獣達は燃え尽きて行く。

「とことんやらせてもらう――！」

さらに切り返し、横一文字に敵集団を切り裂《さ》く。

敵味方が入り乱れるような乱戦では、味方を巻き込んでしまうため、このような戦い方は出来ない。

　少人数で大群に突撃する場合ならではの戦法だ。

　ラファエルの好む戦い方ではないが、やるとなれば、全力を尽くす――――！

「うおおおおおぉぉぉぉぉぉっ！」

　紅い閃光《せんこう》となったラファエルは、何度も突入を繰り返し敵集団を薙《な》ぎ払っていく。

　それでも余りに多勢の魔石獣は、まだまだ残っているが――

「……よし、散り始めたか――――！」

　集団の動きに変化が生まれた。

　一丸となって東方向――ヴェネフィク側を目指していた集団が、これは堪《たま》らないと感じたのか、散り散りとなって行くのだ。

　人間の兵団に例えれば、士気を失って敗走を始めたようにも見える。

　魔石獣にそのような考えがあるのかは分からないが、本能に従って逃《に》げたのだとすれば、似たようなものだろう。

「後は散った敵を各個に掃討《そうとう》すれば――――！」

　ここらが切り上げ時だろう。

　既にかなりの力を使い、疲労感は重くのしかかっている。

このまま倒れてしまうわけには行かない。

エリス達に合流し、部下達の元に戻って指揮を執《と》ろう。

ラファエルはエリスとリップルの機甲鳥《フライギア》の下に戻り、神竜の牙《ドラゴン・ファング》を納刀する。

それを合図に身を包んでいた紅い鎧と翼は消え去り、ラファエルは元の姿に戻る。

「エリス様、リップル様――敵の集団は崩れました！　もう充分《じゅうぶん》です、一旦本隊に合流しましょう……！」

「ええそうね、ラファエル――！」

「ねえ二人とも見て！　あれ――！」

リップルの指差す方向――東の空に、機甲鳥《フライギア》と機甲親鳥《フライギアポート》の部隊が姿を現していた。

「あれは――!?」

「聖騎士団じゃない――!?　ヴェネフィク軍ね――」

兵員が身に着ける装備に描《えが》かれた紋章《もんしょう》が、カーラリアや聖騎士団のものではなく、ヴェネフィクの国のものだった。

向かってくる魔石獣を迎撃するべく、出撃してきたのだろう。

「この状況なら、助かるよ！　まだまだ魔石獣の数多いからね！」

算を乱しているとはいえ、その数はまだまだ脅威だ。

魔石獣が広範囲《こうはんい》に散ると、広範囲に被害が出る可能性も否定できない。

この辺りは人里から離れているが、飛び続ければいずれは人里にも到達するだろう。

ここで可能な限り、数を減らして撃滅《げきめつ》する。

そのためには、ヴェネフィク軍の手も借りたい所だ。

「ええ――ちょうどいい所に現れてくれました……！　エリス様、リップル様！　一言向こうの指揮官に話を通しに行きましょう！　ここは共同で魔石獣の掃討に当たります！」

「それがいいわ、行きましょう！」

「分かった！　あっちに行くね！」

リップルは船首をヴェネフィク軍の現れた東へと向ける。

そんな中、ヴェネフィク軍は一斉《いっせい》に魔印武具《アーティファクト》による遠距離攻撃の構えを取り――奇蹟《ギフト》による炎《ほのお》や氷の矢弾《やだま》を放つ。

その標的は魔石獣の群れではなく――ラファエル達から離れて魔石獣への対応に当たる、聖騎士団の本隊だった。

魔石獣に注力していた本隊は不意を打たれ、いくつもの機甲鳥《フライギア》が破損し、残骸が地面へと落下していく。

「「なっ……!?」」

ラファエルもエリスもリップルも、その光景に一瞬目を疑った。

ヴェネフィク側に向かって来る敵を迎撃に駆け付けたカーラリア軍に対し、協力をするどころか魔石獣を無視して攻撃を加えるなど——あり得ない。

しかしそのあり得ない事が現実に進行している。

魔石獣迎撃《げいげき》のための隊列を取っていた聖騎士団の陣形が乱れ、そこに付け入るかのように魔石獣達が肉薄していく。

陣《じん》を乱された聖騎士団の対応は後手に回り、魔石獣によって沈《しず》む機甲鳥《フライギア》も出て来る。

そしてさらにお構いなしに、先制攻撃を成功させたヴェネフィク軍は、聖騎士団に向けて突撃を開始する。

「魔石獣を無視して、こちらの部隊に接近戦を仕掛《しか》けるつもり——!?」

「な、何考えてるのさ、もう——！　魔石獣を目の前にして、こんな事してる場合じゃないのに……！」

エリスもリップルも、顔に驚《おどろ》きと怒《いか》りがありありと滲《にじ》み出ている。

だがそれ以上に怒りに震《ふる》えているのは、ラファエルだ。

「許せない——魔石獣と戦っている人間を、後ろから撃《う》つような真似《まね》をするなんて！」

ラファエルは神竜の牙《ドラゴン・ファング》を再び抜刀《ばっとう》し、力を開放する。

グオオオオオオォォォンッ！

竜の咆哮が鳴り響《ひび》き、ラファエルの体を紅い鎧と翼が覆《おお》う。

「止めろおおおぉぉぉっ！」

「あっ！　ラファエル――！」

「待ってよ！　一人だけじゃ――！」

リップルとエリスの声を背に聞きながら、ラファエルはヴェネフィク軍の部隊の方へと空を駆ける。

あっという間に距離を詰《つ》め肉薄した時、ヴェネフィク軍は聖騎士団の部隊へ切り込む寸前だった。

「ようし、行けえええぇぇいっ！　魔石獣も敵軍も構わず撃墜《げきつい》しろ！　どちらにせよ、どちらとも我《わ》が国《くに》の敵だッ！」

「「「おおおぉぉぉッ！」」」

雄叫《おたけ》びを上げるヴェネフィク兵達。

その鼻先を飛んでいた魔石獣が、突如巨大《とつじょきょだい》な爆発《ばくはつ》を起こした。

ドグウウゥゥウゥン――ッ！

空に轟音《ごうおん》が響き渡《わた》り、兵士達の雄叫びがかき消される。

「な、何だ……!?」

「何事だ、誰《だれ》かの攻撃か――!?」

「す、凄まじい爆発だ……！」

爆炎の中から響き渡るのは、凛《りん》としたラファエルの声だ。

「警告する――！　これ以上我が軍に攻撃を行うというのなら、次にこうなるのはあなた方だ……！」

ラファエルの発する怒りを帯びた威圧《いあつ》感に、ヴェネフィク兵達は慄《おのの》きはじめる。

「お、おお……!?」

「あれは――!?」

「カーラリアの聖騎士か――！」

「魔石獣を前にして、それと戦うものを攻撃するとは、それが騎士の行いですか……!?　今すぐ魔石獣の掃討に移って下さい……！　我々の敵は、魔石獣のはずだ――！」

しかしラファエルのその言葉に、異論を挟《はさ》む者がいる。

「ご高説痛み入る――だがお言葉だが、騎士の敵は魔石獣のみにあらず！　迫《せま》り来る侵略者どもを迎撃する事も、騎士として大事な役割だと思うんだがなァ？　そこのところを貴公はどう考える？　カーラリア最強の騎士と名高い、ラファエル・ビルフォード殿ォ？」

それは、敵陣の中に浮《う》かぶ機甲親鳥《フライギアポート》からだ。

「……あなたは――赤獅子《じし》ロシュフォール……！」

ラファエルをカーラリア最強の騎士と言うならば、ヴェネフィク最強の騎士は彼、ロシュフォール将軍だろう。

燃えるような赤い長髪《ちょうはつ》が印象的な青年だ。

向こうがやや上だが、ラファエルとそう年も違《ちが》わず、騎士アカデミー時代の対外試合でラファエルは彼と対戦したことがある。

結果は全くの互角《ごかく》。

そして特級印を持つという境遇《きょうぐう》も同じ。

顔を合わせるのはその時以来だが、ラファエルは彼には国を超えた仲間意識のようなものを持っていた。

カーラリアとヴェネフィクの関係は以前からずっと良くないが、彼とならば分かり合えるかもしれないと――そんな淡い希望は今、打ち砕《くだ》かれつつあった。

「迫り来る侵略者――？　どちらが……⁉」

この国境地帯に押《お》し寄せて来たのはヴェネフィク軍が先である。

それは疑いようの無い事実だ。

「分からないかァ？　貴公は既《すで》に我がヴェネフィクの領内に踏《ふ》み入っている。他国の軍が許可も無く踏み入って来たのなら、それは侵略《しんりゃく》ッ――！　魔石獣の脅威と何ら変わらんなァ！　迎撃して何が悪い？」

「馬鹿《ばか》な……⁉　魔石獣には国境も人種も関係ない！　全《すべ》ての人間が手を取り合って、協力するべきだろう――！　あくまでこちらはそうしたまで……！　そうでなくては、いずれ魔石獣によって地上の人間は――！」

「そもそも！　この地に魔石獣が現れたのは何が原因だァ？　貴公らが虹の王《プリズマー》の死骸《しがい》などを持ち込んだせいだなァ！　魔石獣によって状況を攪乱《かくらん》、協力という名目を盾《たて》に、なし崩し的に我が国に攻《せ》め入る――そういうつもりだろォ⁉」

「そんなつもりは毛頭ない！　ロシュフォール将軍、あなた程の人物なら、こちらがどういう戦いをしていたか分かっただろう――⁉　あれが魔石獣を盾に貴国を侵《おか》そうとする者の戦い方か……⁉　僕達の戦いを見て、本気でそう思うならあなたの目は確実に――かつて共に手合わせしたあの頃《ころ》より曇《くも》ったな……！　国の中枢《ちゅうすう》にあって政治に呑《の》まれ、武人としての輝きを失ったか……!?」

「ハッハハハハハハハハハ――ッ！」

ラファエルの言葉に、ロシュフォールは大きく哄笑《こうしょう》をする。

「何が可笑《おか》しい――!?」

「相変わらず甘ちゃんだなァ、貴公は！　変わっていなくて安心したよ！　ああ俺《おれ》の目から見れば貴公らは真剣《しんけん》に魔石獣を止めるべく、奮戦していただろうさ……！　わざわざ敵側に向かっているのにもかかわらず――なァ！　魔石獣の相手には全ての人間が手を取り合うべきという、その言葉を体現した振る舞《ま》いと言えるだろう……！」

「……それが分かっていて、何故《なぜ》――!?」

「だがなァ！　結局は貴公らは魔石獣を先兵に我が国を侵そうとした所を迎撃された侵略者となる……！　分かるか？　所詮《しょせん》このクソったれた世の中では、何を思っていたかなど関係ないのだよ――！　力を持ち、相手を捻《ね》じ伏《ふ》せた者が全てを決めるゥ！　正義も真実も、全ては力が生み出す副産物なのだ――！」

「くっ……話し合う余地は――!?」

「無いなァ！　語るならば力で語ろうぞ、ラファエル・ビルフォード！　貴公の首なら、我が武勲《ぶくん》に申し分ないなァ！」

「くっ——そちらがそう出るのならば……！」

ここでロシュフォールを討ち取るしかない——！

大将を失えば、他の兵達は戦意を失い魔石獣の掃討に協力あるいは少なくとも、こちらへの攻撃は止められるはずだ。

ロシュフォールは魔石獣よりこちらの攻撃を優先するつもりのようだが、他のヴェネフイクの将兵達も全て同じ考えとは限らない。

中には、魔石獣を前にはカーラリアと争っている場合ではないと考えている者も少なくはないはず。

ロシュフォールを排除《はいじょ》し、その彼らの意識に期待をするしか——

「相手をしてくれるか——歓迎《かんげい》するぞ……！　だがこちらも忙《いそが》しくてなァ——！　勝負は一気につけさせて貰うぞ——！」

「舐《な》めないで貰おう——多勢に無勢とはいえ、そう簡単に——！」

「ハハハハッ！　そうではないなァ！　貴公の腕《うで》を認めればこそ——！　それにその魔印《アーティ》武具《ファクト》は強烈だよ。流石《さすが》大国カーラリアには、良い騎士と良い魔印武具《アーティファクト》が揃《そろ》っている……！」

「……ならば、どうすると——？」

「こうだ――！　来い、アルル――っ！」

「はい――」

ロシュフォールの声に応じて隣《となり》に進み出たのは、女性の騎士だった。

だが恐《おそ》らく、ただの女性騎士ではない。

リップルと同じような、獣の耳と尻尾《しっぽ》を持つ獣人種だった。

見た目の年齢《ねんれい》は十代後半のリップルと同じ程度か。

元気で溌溂《はつらつ》とした印象のリップルとは違い、落ち着きと淑《しと》やかさ、そして物憂《ものう》げな儚《はかな》さを漂《ただよ》わせる女性だ。

同じ獣人種でも、全く印象は異なると言っていいだろう。

「……！　天恵武姫《ハイラル・メナス》――!?」

リップル曰《いわ》く、獣人種は既に滅《ほろ》んだ種族との事だ。

地上の人間とは違い、獣人種には虹の雨《プリズムフロウ》が効く。

だからその影響を受け、魔石獣化する事により種が滅びてしまったと――

それが生き残っていることがあるとすれば、それはリップルと同じような、天恵武姫《ハイラル・メナス》としてだ。

天恵武姫《ハイラル・メナス》となれば、虹の雨《プリズムフロウ》の影響も受けない。

「悠長《ゆうちょう》に腕など競《きそ》っている場合ではないのでなァ！　武器で圧倒《あっとう》させて貰おうか！」

ロシュフォールはラファエルを見据《みす》えたまま、隣に並ぶアルルに手を差し伸《の》べる。

「はい……あなたの、思うがままに――」

アルルは大切そうにその手を両手で包《つつ》み込み、自分の胸に抱《だ》くようにする。

カッ――――――！

アルルの身が眩《まばゆ》く輝き始める。

見る者を畏怖《いふ》させるような、神々《こうごう》しい輝きだった。

これは――見た事は無いが、話には聞いた事がある。

「ば、馬鹿な……!?」

これは天恵武姫《ハイラル・メナス》が真の力を発揮する時の――

だとすれば――！

「ハァーハッハハハハッ！　そうだいい子だ！　この俺に力を与えろおぉおぉおっ！」

「まさか――！　人間同士の戦いに、武器化した天恵武姫《ハイラル・メナス》を使おうというのかッ!?」

「そのとおおぉおぉおりッ！　さあさぁさアさァ！　討《う》ち取ってやるぞ！　聖騎士ッ！」

「貴様あぁぁぁぁっ！」

ラファエルの怒りは頂点に達する。

あり得ない。

全く馬鹿げた、あり得ない行動だ。

武器化した天恵武姫《ハイラル・メナス》を手に取って戦えば、その強大過ぎる力の代償《だいしょう》として、使い手たる聖騎士は力尽《ちからつ》き、命を失う――

これは聖騎士にとっては常識。

聖騎士に任命される際、事前に何度も意思確認《かくにん》もされた事だ。

聖騎士は、人知を超《こ》えた強大な災厄《さいやく》である虹の王《プリズマー》から、人々を守るためにある者――人々にとっての最後の希望、最後の砦《とりで》なのだ。

幼い頃、故郷ユミルの城が魔石獣《ませきじゅう》に襲われた際――母イリーナはラファエルに、他の者を見捨ててでもラファエルは生き残らねばならないと言った。

あの時はその言葉に反発をしたし、今でもあの場で家族を守ろうとした事は間違《まちが》っていないと思ってはいるが、母の言う事も理解できるようにはなった。

それだけ、聖騎士に課された使命は重いという事だ。

この地上に生きる人々にとって、無くてはならない希望なのだ。

母イリーナは聖騎士と天恵武姫《ハイラル・メナス》の真実は知らないだろうが、このような事情があるならば、その使命は猶更《なおさら》重い。

こんな戦いに天恵武姫《ハイラル・メナス》を使うなど言語道断。

これで力尽きてしまえば、無論だが本来の務めを果たす事は出来ない。

誰が虹の王《プリズマー》から人々を守る？

これは、人々の希望を投げ捨て踏み躙《にじ》るような暴挙だ。

ヴェネフィクの国には聖騎士《せいきし》という称号《しょうごう》や階級はないのかも知れないが、ロシュフォールが何も知らないはずはない。

分かっていてこんな行動に出るなど――――！

「アルル様と言われましたか……⁉　こんな事はお止め下さい！　何の希望にも、救いにもならない！　天恵武姫《ハイラル・メナス》の真の力は、虹の王《プリズマー》から人々を守る戦いにのみ使われるべきだとは思われませんか……⁉」

ロシュフォールには話が通じそうにない。

そのためラファエルは天恵武姫《ハイラル・メナス》のアルルへの説得を試みる。

しかし返事はなく眩い光の中、アルルの姿は獣人種の女性のそれから、黄金の輝きを放つ巨大な盾へと変貌《へんぼう》していた。

「盾……⁉　ならば猶更、人々を守るためだけのものにならねばならないだろうに……！」

それがこんな、人同士の争いに使われる事になろうとは、その姿に全く相応《ふさわ》しくないだろう。

「守るさ！　俺とて守るべきものはある――――！　貴公ら、迫り来る侵略者《しんりやくしゃ》を撃滅してなァ！」

「身勝手な事を――――！」

「ハハハハハハッ！　こいつは素晴《すば》らしい、素晴らしい力だぞアルル……！　俺とお前が一つになり、最強の力を生み出す――――！　さぁ、酔《よ》い痴《し》れようぞおぉぉぉおっ！」

ヒイイィィンッ！

独特な甲高《かんだか》い振動音《しんどうおん》が、ラファエルの耳を劈《つんざ》く。

同時に盾の表面に鏤《ちりば》められた宝玉のようなものが輝きを放つ。

それは一条《ひとすじ》の閃光の矢となり、高速でラファエルへと迫る。

「――っ⁉」

かなりの高速だが、神竜の牙《ドラゴン・ファング》が与《あた》えてくれた翼の反応は間一髪《かんいっぱつ》で間に合い、浮上《ふじょう》したラファエルは盾の閃光を避《よ》ける事に成功した。

逸《そ》れた光は眼下の岩山に着弾し――

ゴオオォォォンッ！

轟音と盛大な土煙《つちけむり》を上げる。

それが、その威力を如実《にょじつ》に物語っていた。

「……!?」

たった一発の、細い閃光でこれとは――

「まだまだァ！　逃がすかよッ！」

ヒイィンヒイィンヒイィンヒイィィィンッ！

ラファエルを追う光線の数が、どんどん増していく。

「くっ――！」

避けるだけでは続かず、ラファエルは迫って来る一矢《いっし》を薙ぎ払おうと、神竜の牙《ドラゴン・ファング》の刃を光にぶつける。

すると――

「ぐ……っ⁉　うあああああぁぁぁぁぁっ⁉」

物凄《ものすご》い力で剣が圧され、ラファエルの体ごと大きく後方に弾《はじ》き飛ばされた。

何とか墜落《ついらく》は避けたが、空中で何度も体が回転し、視界が定まらない。

ようやく安定した時には、ロシュフォールの乗っていた機甲親鳥《フライギアポート》が遥《はる》か前方の離れた位置にあった。

それだけの長い距離を弾き飛ばされたのだ。

「これは、恐るべき――凄まじい力だ……！」

やはり、違う――流石は究極の魔印武具《アーティファクト》。

虹の王《プリズマー》に対抗《たいこう》し得る唯一《ゆいいつ》の力だ。

この神竜の牙《ドラゴン・ファング》も、限りなく天恵武姫《ハイラル・メナス》に近い上級魔印武具《アーティファクト》と言われるが――

天恵武姫《ハイラル・メナス》との間には、越えられない大きな壁《かべ》を感じざるを得ない。

「距離が開いたのは、幸いか――！」

まともに対峙《たいじ》するのは不利であると認めざるを得ない。

だが、天恵武姫《ハイラル・メナス》の真の力を使って、ロシュフォールの身が無事で済むはずが無い。

であれば——自然とその対策は決まって来る。

「こんな所で無駄死《むだじ》には出来ない——！」

ロシュフォールが人を相手に武器形態の天恵武姫《ハイラル・メナス》を振《ふ》るう事は度《ど》し難《がた》い暴挙だ。

これで力尽きてしまえば、特級印を持つ者の本来の使命——虹の王《プリズマー》から人々を守る役目は果たす事が出来ない。

それは彼に希望を寄せる人々への裏切りだ。

無駄死にと言う他は無い。

だが、そんな彼に自分が討たれてしまえば、ラファエルの使命もまた、果たす事は叶《かな》わない。

それもまた、無駄死にだ——それだけは避けねばならない。

ロシュフォールがどれだけ武器形態の天恵武姫《ハイラル・メナス》を維持《いじ》できるかは分からないが、確実なのは永続はしないという事。

ならば、正面からぶつかるのではなく状況《じょうきょう》を引き延ばせば、相手は確実に自滅《じめつ》する——

「どこへ行こうというのだ——!?　聖騎士ッ！」

真上から、声——

「!?」

気づけば空に浮いたロシュフォールが、身を覆うほどの巨大《きょだい》な黄金の円盾を体の前面に掲げ、突進《とっしん》して来ていた。

「喰《く》らええええええいッ！」

ドガアアアアァァッ！

「ぐううううぅぅっ！」

猛烈《もうれつ》な殴打《おうだ》の衝撃《しょうげき》を受け、ラファエルの体は眼下の岩山に直滑降《ちょっかっこう》。

背中から地面に叩《たた》きつけられ、その衝撃が地面を抉《えぐ》り、盛大な土埃《つちぼこり》を巻き上げる。

一瞬意識が朦朧《もうろう》とするほどの凄まじい威力《いりょく》だったが——素の状態であればこの程度では済まず、一撃《いちげき》で命を落としていたかもしれない。

それを神竜の牙《ドラゴン・ファング》が展開した鎧が、この程度で留《とど》めてくれたと言った方がいいだろう。

「ハハハハハハッ！　こいつはいい、こいつはいいぞ——アルルッ！　カーラリア最強の騎士がまるで赤子のようだ——！　あぁ見える、見えるぞ！　輝かしい未来がッ！」

「お前に未来など無い——ッ！　こんな事をしておいて、ただで済むと思うな……っ！」

「さぁねェ！　どの道貴公には結末は見られんよ、これで砕け散るのだからなァ！」

バヂバヂバヂバヂ――――ッ！

円盾の表面に光が凝縮《ぎょうしゅく》して眩く輝き、激しく唸《うな》るような音を発する。

その収束した光の余波だけで、周囲の高い岩山の一部が弾け飛び始める。

恐ろしく強大な威力がそこにあるのは、一目瞭然《いちもくりょうぜん》だ。

「お別れだァァァァァッ！」

唸りを上げて輝く盾が、上空からラファエルに突進して来る。

「く――――ッ！」

まだ先程《さきほど》の衝突《しょうとつ》の衝撃で体が思うように動かないが、立たねば――――！

これをまともに受けては、やられる――――！

「ラファエル――――ッ！」

名を呼ぶ声が聞こえ、そして――

ドグウウウウゥゥゥゥゥゥゥゥウン！

耳に痛いほどの轟音。

ロシュフォールの一撃が炸裂《さくれつ》すると、そこから巨大な光の柱が立ち上り、周辺の地面を吹《ふ》き飛ばして大地に大穴を穿《うが》った。

「――凄まじい威力だ……！　これが、虹の王《プリズマー》と戦うべき力――」

ラファエルは後方を振り返りながら、そう唸る。

その破壊《はかい》の規模の大きさには、驚嘆《きょうたん》せざるを得ない。

「ええ……！　でも決して、目には目をなんて考えてはダメよ――！」

そう応じるのは、エリスだった。

ロシュフォールの一撃が炸裂する寸前、機甲鳥《フライギア》の全速力で滑《すべ》り込《こ》み、ラファエルの身を掬《すく》い上げたのである。

「はい、エリス様……！　僕達《ぼくたち》の使命は、虹の王《プリズマー》から人々を守る事ですから――！」

「分かってくれているならいいわ、このまま距離《きょり》を取るわよ！」

「ええ――！　助けていただいてありがとうございます、リップル様は……!?」

ラファエルを助け出してくれたのはエリスのみで、リップルの姿はなかった。

「本隊を撤退《てったい》させに行ったわ！　あんな無茶《むちゃ》な相手では分が悪いわ……！」

「そうですね、それがいい――！　こちらは奴《やつ》が本隊に向かわないよう、距離を取りながら引きつけましょう……！」

「ええ、そうね──！」

その二人の会話に、割《わ》り込む声が響く。

「そうはいかんなァ──！　どちらも潰《つぶ》させて貰《もら》うぞ……ッ！」

ロシュフォールの姿が、あっという間に機甲鳥《フライギア》に迫りつつあった。

盾を身の前面に掲《かか》げた姿勢で、盾の縁部分から後方に光を噴出《ふんしゅつ》し、それが膨大な推進力となって飛行を可能とするようだった。

「──!?　速い……！」

「もう追いつかれたの──!?」

「ハハハハハッ！　強い──！　速い……！　凄《すご》いッ！　最高じゃないかあァァァッ！」

哄笑を上げるロシュフォールの姿がどんどん迫る。

「何を嬉《うれ》しそうに──ッ!?」

「遊びじゃないのよ……！　どうしてあんな男に、向こうの天恵武姫《ハイラル・メナス》は──！」

使い手と天恵武姫《ハイラル・メナス》の心が一つになって、初めて武器化は完成するもの。

今のあの様相は、単なる見境の無い凶《きょう》戦士だ。それに力を貸すなど──！

「うおぉぉらあああァァァァァァッ！」

極光を帯びた盾の一撃が、再び間近に迫る。

「ラファエル！　舵《かじ》を！　はあぁぁっ！」

エリスは舵をラファエルに預けて後方を振り返る。

振り抜《ぬ》いた双剣《そうけん》の斬撃は空間を越《こ》えて――

盾を持つロスフォールの腕を、十字に挟み込むように閃《ひらめ》く。

が――ロシュフォールの身を覆う輝《かがや》きに阻《はば》まれ、刃《やいば》が弾《はじ》かれてしまった。

「効かない――!?」

「美女に折檻《せっかん》されるのは嫌《きら》いではないが――そんな豆鉄砲《まめでっぽう》ではなあぁアァッ！」

「なら、これでっ――！」


ギイィインッ！


エリスは双剣を強く擦《こす》り合わせる。

同時に、空間を飛び越えて斬撃を送る力を発動させ――

結果、ロシュフォールのすぐ眼前で、一瞬《いっしゅん》大きく火花が散る。

「……っ!?　目くらましか――!?　天恵武姫《ハイラル・メナス》ともあろう者が、せこい真似を――！」

「その特級印の使い方を間違っているあなたに、言われたくはないわね――！」

エリスがロシュフォールに言い返している間に、ラファエルは機甲鳥《フライギア》の操舵《そうだ》を行い急速停止をかける。

一瞬目がくらんだロシュフォールは機甲鳥《フライギア》を追い越して行き――

「よし……！」

その隙《すき》にラファエルは方向転換《てんかん》をしつつ地上近くに高度を下げる。

岩山の陰《かげ》に滑り込んで、ロシュフォールの視界を切った。

「いいわよ――！　このまま、岩山を陰にして引き離《はな》しましょう！」

「ええ、エリス様……！　もう少し身を隠《かく》す障害物があればいいんですが――！」

森や林でもあればその中に紛《まぎ》れてしまえるのだが、生憎《あいにく》この辺りにそういったものは無い。

いくつかの岩山はあるが、地表自体は障害物は無く、視界は開けている。

「仕方がないわ……！　とにかく、時間を――！」

「はい……！」

ロシュフォールから身を隠しつつ、機甲鳥《フライギア》は岩山の低空を西へと飛んで行く。

遠目に氷漬《づ》けの虹の王《プリズマー》が鎮座《ちんざ》する地点が目に入って来た。

「……！　あれは――!?」

「また、あんなに大量に――！」

虹の王《プリズマー》の周辺に、再び飛鳥型の魔石獣が大量に生み出されようとしていた。

その巨大な群れの数は、虹の王《プリズマー》周辺の空間を黒く埋《う》め尽《つ》くしてしまいそうな程《ほど》だ。

先程ラファエル達が相手をした集団を上回る数なのは間違いない。

それらが一斉に移動を始めようとしていた。

「いけない――！　あれは西側に行こうとしている……！」

西側つまりカーラリア領内の方向だ。

「くっ、こんな時に……！　地上の人間同士が争っている場合じゃないのに――！」

「エリス様――！　こうなったらあの男にも協力をさせましょう――！」

「どうやって――!?　あの男に説得なんて通用しそうにないわよ……!?」

「こうです――！」

ラファエルは機甲鳥《フライギア》の船首を上に向け、機体は遮蔽物《しゃへいぶつ》の岩山の陰を飛び出して上空に出る。

「……っ！　見つかるわよ――!?」

エリスの言葉が終わるか終わらないかのうちに――

「そこかぁぁぁアア！　ダメじゃないか、騎士が敵に背中を向けては――ッ！」

早速《さっそく》ロシュフォールは機甲鳥《フライギア》を捕捉し、迫って来る。

「ええ、それでいいんですよ……！　奴にも手伝わせるためには――！　このまま魔石獣の群れに突《つ》っ込みます！」

魔石獣のど真ん中に逃《に》げ込むことで、姿を隠しながらあの盾の威力の余波を撒《ま》き散らせて貰う。

それによって、魔石獣の群れを駆逐《くちく》するのだ。

「なるほど……！　危険な賭《か》けだけど――！」

「どちらも対処するには、これしかありません――！」

「ええ――そうね！」

ギイィィンッ！

エリスは再び、双剣による目くらましを試みる。

「そんな小手先の小技《こわざ》！　二度も通じるものかッ！」

「追いつかれる――!?」

「エリス様！　舵を！　替《か》わって下さい！」

ラファエルは操舵をエリスに任せて船外に飛び出す。

機甲鳥《フライギア》の機体の背後に回り――

「うおおおおぉぉぉっ！」

機体を手で直接押し込む。

機甲鳥《フライギア》の推力に、神竜の牙《ドラゴン・ファング》の翼《つばさ》の全速力を加えるのだ。

グッと加速した機甲鳥《フライギア》は、それでもロシュフォールを引き離すには至らない。

だが差の詰まる勢いは確実に落ちた。

氷漬けの虹の王《プリズマー》や、魔石獣の群れにグングンと近づいていくが――

「くっ……!?　届かないか――!?」

「あと一歩よ、何とか……！」

それでも――あと一歩、手前でロシュフォールに追いつかれる。

「ハハハハッ！　鬼《おに》ごっこもこれで終わりにさせてもら――――」

その時、黒い光の弾《たま》がラファエル達の脇《わき》を通り過ぎて行くのが視界に入った。

それは、ロシュフォールの足に着弾《ちゃくだん》し――

「おぉぉうッ――――!?」

ガクンッ！　とロシュフォールの姿勢が一瞬《いっしゅん》傾《かし》ぐ。

それにより速度が落ち、再び少しの距離が開く。

「エリス！　ラファエル！　助けに来たよ！」

「リップル！」

「リップル様！」

あの光弾は、駆《か》け付けたリップルの銃撃《じゅうげき》だった。

ロシュフォールに直接打撃《だげき》を与えるには至らなかったが、強力な重力の『目』がその姿勢を崩《くず》し、速度を落とす効果は発揮したのだ。

さらに——

「ゴメンね——！　力を貸してね——っ！」

それは、乗って来た機甲鳥《フライギア》に対する言葉だった。

船首を迫り来るロシュフォールに向けて全速突撃《とつげき》させたまま、自分は足元を蹴《け》って機体を放棄《ほうき》したのだ。

機甲鳥《フライギア》による自爆特攻《じばくとっこう》である。

ドゴオオオオォォォォォンッ！

ロシュフォールの黄金の盾に激突《げきとつ》し、機甲鳥《フライギア》の機体は轟音を上げて砕け散る。

「ぬうぅぅぅぅっ⁉」

更《さら》に足が止まるロシュフォール。

一方機体を放棄したリップルは、動物のように俊敏《しゅんびん》な身のこなしで、ラファエルとエリスの乗る機体の方に飛び移る事に成功していた。

「助かったわ！　いいタイミングね――――！」

「状況は見てて分かったよ！　とんでもなくヤバい状況だね――――！」

「ええ、ですがリップル様のおかげで、これなら――――」

ラファエルがそう言う間に、機甲鳥《フライギア》は魔石獣の群れに突入《とつにゅう》する。

「逃がさん――――！　逃がさんぞオオォォォォォォォッ！」

こちらを追って魔石獣の群れに飛び込むロシュフォール。

その盾の発する光の余波が、周囲の魔石獣を次々に巻き込み、消滅《しょうめつ》させて行く。

先程の戦いでラファエルが魔石獣の群れに対して行った突撃よりも、遥かに大規模かつ強烈《きょうれつ》な破壊力《はかいりょく》だ。

「狙《ねら》い通りですね――――！　しかし、凄《すさ》まじい……！」

「だけど、あんなのいつまでも続かないよ――――！」

「ええ、あなたの判断は正しいわ、ラファエル――――！　このままあの力と魔石獣を相殺《そうさい》させていれば……！」

この多数の魔石獣の群れの中ならば、身を隠して逃げ続ける事は先程よりも容易。

いずれロシュフォールは力尽き、その時は魔石獣の群れも壊滅《かいめつ》しているだろう。

「木を隠すなら森というわけだろうがなぁぁアァッ！」

ロシュフォールは言いながら急停止し、黄金の盾を天に掲げる。

「足を止めた……!?」

「あれは――っ!?」

「何のつもり……!?」

盾が一層激しく輝き、輝きがロシュフォールの回りを球体状に覆《おお》っていく。

「ならば森ごと吹き飛ばすまでだよなぁぁぁぁアァッ!?」

ヒイイイイイィィィィインッ！

甲高く共鳴するような音と共に、爆発的《ばくはってき》に光が広がる。

それに触《ふ》れた魔石獣は体がぼろぼろと崩壊《ほうかい》し、消滅して行った。

「……まだあんな力を――っ!?」

「早い……ッ!?」

「ダメ、逃げ切れないよ――！」

高速で広がる光は、ラファエル達の目の前にも迫《せま》り――

「「うわあああぁぁぁぁぁぁぁっ!?」」

巻き込まれた三人は、凄まじい衝撃を受けて弾き飛ばされる。

ラファエルの目の前は一瞬真っ暗になり――次に背を激しく何かにぶつけた。


ガシャアアアアアアアアアンッ！


同時に聞こえる何かが砕《くだ》ける音。

キラキラとした小さな何かが視界に入り、ひんやりとしたものが体に触れている。

「これは――虹の王《プリズマー》の氷……!?」

ラファエルの体は、氷漬けの虹の王《プリズマー》を覆う氷に埋まり、受け止められるような形になっていたのだ。

「う、うう……！」

「あいたたたぁ……！」

エリスもリップルも、ラファエルと同じように虹の王《プリズマー》の氷に埋もれるようになっていた。

この氷が激突の衝撃を和《やわ》らげてくれたと言っていい。

皮肉にも聖騎士と天恵武姫《ハイラル・メナス》にとって最大最強の敵である虹の王《プリズマー》に救われたような形だ。

「まさか、こんな事に――僕達の敵は、お前のはずなのに……！」

ラファエルは未《いま》だ氷の中の虹の王《プリズマー》に視線を向ける。

ぶつかったのは丁度頭部の近くで、その巨大な虹色《にじいろ》の瞳《ひとみ》は――

キラリと輝いて、ラファエルの方を見た。

「――!?」

間違いない。

今、目が合った――！

「エリス様、リップル様――！　見ましたか？　今、虹の王《プリズマー》がこちらを……！」

「え、ええ――！　見えたわ……！　もう完全に目覚めて……！」

「ま、まずいよ、起きてきちゃう……！」

しかしロシュフォールは止まらない。

「さあ、止めを刺《さ》させて貰おうかぁぁアアアアッ！」

「止《よ》せ──！　これ以上虹の王《プリズマー》を刺激《しげき》するな！　奴はもう目覚めている！　攻撃《こうげき》を加えたと見做《みな》されれば、反撃《はんげき》に動き出して来るぞ──！」

「諸共叩《もろともたた》き潰してやれば、全《すべ》て解決うううぅぅぅぅッ！」

ロシュフォールが止めの一撃を繰《く》り出そうとした時──

バリイイイイイイイイイイインッ！

巨大な音を響《ひび》かせて、虹の王《プリズマー》を覆う氷が粉々に砕け散った。

内側から爆発《ばくはつ》したような衝撃は、氷の表面に埋もれていたラファエル達を、今度は背中の側から猛烈に弾き飛ばした。

三人の体は地面にぶつかって二度、三度と跳《は》ね飛び、驚《おどろ》くほどの遠くまで吹き飛ばされてようやく止まった。

「う……ぐっ──っ……！　こ、これは……！　これが──ッ!?」

「ああ……！　虹の王《プリズマー》が──!?」

「お、起きてきちゃった……！」

全身が完全な虹色に輝く、雄大《ゆうだい》な巨鳥の姿――

それは美しく、神々しくもあるが、これこそが聖騎士と天恵武姫《ハイラル・メナス》の最大の敵――真の力を発揮した天恵武姫《ハイラル・メナス》を、手に取って戦うべき時……！

それをすれば、ラファエルの命は無い。

だがその覚悟《かくご》は決めてきたつもりだ。

聖騎士を拝命して以来、いつかこうなる事を常に頭に置きながら行動して来た。

自分とて、命を失いたいわけではない。

ラフィニアやイングリスがこの先成長していく姿を、この目で見てみたい。

故郷で両親に孝行をしながら、ユミルのために力を尽くしたい。

そう言った願望はあるものの、それよりも何よりも――

聖騎士と天恵武姫《ハイラル・メナス》に寄せられる、人々の希望に応《こた》えてみせる。

その強い信念があればこそ、ラファエルの口から自然とこの台詞《せりふ》が出る。

「エリス様、リップル様……！　こうなれば僕達も武器化をして戦いましょう……！

虹の王《プリズマー》がこうして甦《よみがえ》った今、躊躇《ためら》う必要はありません――！」

「ま、待ってラファエル――！　早まらないで……！　もっと慎重《しんちょう》に――状況を見極《みきわ》めてからでも遅《おそ》くはないわよ……！」

「そうだよ、虹の王《プリズマー》が街に向かうとは限らないから――――！　ギリギリまで待とうよ――――！」

「ですが、ここで虹の王《プリズマー》を討たないと、被害《ひがい》が大きくなる可能性が！」

「可能性であなたを殺したくはないのよ……！　分かって頂戴《ちょうだい》、まだ早いわ……！」

「そうだよ、それに……っ！」

その様子を、ロシュフォールが嘲笑《あざわら》う。

「ハッハハハハハ！　意気地《いくじ》の無い奴等だッ！　見ていろ弱虫ども――――！　俺達《おれたち》が虹の王《プリズマー》を叩き潰してくれるわ――――ッ！　死ぬほど重く恩に着て、この俺《おれ》を未来永劫崇《みらいえいごうあが》め奉るがいいぞおおおぉぉぉォォォッ！」

ロシュフォールは攻撃の矛先《ほこさき》を巨鳥の虹の王《プリズマー》に向け、輝く盾《たて》を構えて突進をする。

（逃げて――――！　私達に任せて今のうちに逃げて――――！）

同時に、リップルの頭の中に声が響く。

「え……っ!?　今聞こえた!?　この間と同じ声――――私達に任せて逃げてって……！」

「い、いいえ、僕《ぼく》には何も……！」

「私もよ、何も聞こえないわ――――！」

私達に任せてと言うからには、その声の主は恐《おそ》らく――――

ロシュフォールではなく、その手に握《にぎ》られている盾に変化した天恵武姫《ハイラル・メナス》からだろうか？

どうしてそんな事を伝えて来るのか、詳《くわ》しく聞きたい気はするが、今はそれをしている余裕《よゆう》がなさそうだ。

「そらあああぁぁアアアアッ！」

ロシュフォールが虹の王《プリズマー》の巨体《きょたい》に肉薄《にくはく》していた。

攻撃を認識《にんしき》した虹の王《プリズマー》は、そちらに視線を向ける。

そして虹色の瞳が輝きを増すと——

ロシュフォールの進路を阻むかのように、巨大な虹色の結晶《けっしょう》が地面から突き出して立ち塞《ふさ》がった。

「そんなもので俺が阻めるかよおおぉぉぉォォォォッ！」

バリイン！　バリイィイン！　バリイィィイインッ！

虹の王《プリズマー》が生んだ虹色の結晶を叩き割りながら進むロシュフォール。

やがて彼《かれ》の掲げた盾が、虹の王《プリズマー》の体へと突き刺さった。

バシュウウウウゥゥゥゥウンッ！

そして、虹の王《プリズマー》の力とせめぎ合い、巨大な輝きを発しながらもその体の表面を傷つけ、抉り取って行く。

「――効いている……!?」

「でも……！　あれだけでは――！」

「逆にマズいかも知れないよ……！」

「どういう事です――!?」

キュオオオオオオオオオォォッ！

ラファエルの問いにエリスとリップルが応じるより早く、虹の王《プリズマー》が大きく鳴いて翼を広げる。

「ぬうううぅぅぅぅうウッ!?」

その勢いがロシュフォールを大きく弾き飛ばすが、すぐさま空中で体勢を立て直し、もう一度突撃《とつげき》を敢行《かんこう》する。

その俊敏な動きは、先程虹の王《プリズマー》の体表に穿った傷を正確に撃《う》って見せるが――

シュウウゥゥンッ！

追撃《ついげき》が虹の王《プリズマー》の傷を広げる事は叶わなかった。

効かないどころかロシュフォールの攻撃の威力を吸って、見る見るうちに傷が回復して行く。

「！　何いぃぃイイ……ッ⁉」

ロシュフォールが目を見開く。

「この化物があぁァァァァッ……！」

状況を察して、ロシュフォールは一旦距離《いったんきょり》を取る。

頭に血が上り切っているように見えて、戦いぶりはそうとも限らない。

というよりも、野生の感に従っていると言うのが正しいだろうか。

これは、明らかに異様な現象である。

「やっぱり……！　変わってないわ――いえ、前以上に……！」

「うん――前はあんなに早く吸収までは行かなかったはずだよ……⁉」

「眠《ねむ》っている間に、更に強くなったと言うの――⁉」

「どういう事です⁉　エリス様、リップル様――！」

「あの虹の王《プリズマー》は、極端《きょくたん》に学習能力が高いの――！　こちらの行った攻撃を覚えて、だんだんそれに備えて耐性《たいせい》が付いて……！」

「最後には攻撃を吸収するようになっちゃうんだよ――！　だから前にあれが現れた時は、倒《たお》し切れなくて……！」

「ああなると、もうあの盾の突撃は効かないわ！　別の攻撃をしないと――！」

「さっき魔石獣《ませきじゆう》の群れを吹き飛ばした光とか、まだ別の攻撃もあるだろうけど……！　それも何度も通用しないよ――前より学習する早さが上がってるみたい……！」

「では、こちらの力も合わせて攻撃をしましょう――！　そうするしか……！」

しかしラファエルの提案に、エリスとリップルは首を縦に振らない。

「いいえ、それよりもあの男を止めて、協力して体制を整えるのよ……！」

「うん……！　あのままじゃあの盾の攻撃が全部効かなくなっちゃう――！」

「そんな間を置けば、奴は力尽《ちからつ》きてしまうでしょう!?　もう、あれだけの力を使っているのに……！　共闘《きようとう》できるとすれば、今この場でしか――！」

そんな中――

無数の魔石獣が、周囲に姿を現し始める。

それは元々姿を見せていた飛鳥型のものだけではなく――獣や虫やあらゆる種類の魔石獣が、次々と虹の王《プリズマー》の周囲に生まれていた。

「これは——⁉」

「虹の王《プリズマー》はその存在自体が虹の雨の塊《プリズムフロウかたまり》のようなものよ……！」

「だから、そこにいるだけで、周囲の生き物がどんどん魔石獣化して行くんだよ！」

「であれば、ますますこの場で——」

カッ————————！

虹の王《プリズマー》の体が、強く激しい輝きを帯び始める。

それは、ロシュフォールの盾を包む輝きと似た輝きだった。

「こいつ——！　こちらと同じ輝きを——ッ⁉」

ロシュフォールが忌々《いまいま》しげに吐《は》き捨てる中——虹の王《プリズマー》の体から生まれた光が無数の光弾となって、周囲に放射される。

ドガガガガガガガガガガガガガガガッ！

周囲の魔石獣を粉々に吹き飛ばし、地面に大穴を穿つ光弾は、ラファエル達《たち》の目の前にも迫る。

その一発一発の恐るべき威力、弾速、光の密度——

とても避《よ》け切れるような攻撃ではない……！

「「ラファエル！」」

エリスとリップルがラファエルを庇《かば》って、その身に覆い被《かぶ》さり――

「――――ッ！」

そこに虹の王《プリズマー》の放った光弾が着弾して――

ラファエルの意識は、その光景を見ながら途《と》切《ぎ》れて行った。

リックレアの街跡《あと》側の野営地――

天上領《ハイランド》の大戦将《アークロード》イーベルは、この土地の地下深くに眠っていた神竜フフェイルベインを、機神竜と化して持ち去ってしまった。

アルカードの国を操《あやつ》り、カーラリアへ攻め入《せ》らせようとしていた動きは本命である神竜の存在に比べればついででしかなかったようで、拘《こだわ》る様子も見せずに天上領《ハイランド》へと帰って行った。

神竜の存在は食糧難《しょくりょうなん》への一時しのぎにはなったが、その強大な力はラティ達アルカードの国の人々にはどうにも出来ない厄介者《やっかいもの》でもある。

それが全ての糸を引いていたイーベルと共にいなくなってくれたのだから、皆《みな》の感想としてはほっと一息、これで一段落といった所だろう。

機神竜と戦いそびれたイングリスだけが一人悲しみに暮れる――はずだったが、状況《じょうきょう》にはまだ続きがあった。

野営地にもたらされた二つの急報――

それは、カーラリアとの国境に布陣《ふじん》していたアルカード軍がこのリックレアに接近中である事。

そして、遠く離れたカーラリアの東部、隣国《りんごく》ヴェネフィクとの戦線では、国境近くに安置していた氷漬けの虹の王《プリズマー》が動き出し、それが原因でカーラリアの軍は崩壊し、敗走したという事だ。

虹の王《プリズマー》は王都カイラルに向けて進行しているという。

その知らせを受けラフィニアは、兄である聖騎士《せいきし》ラファエルや天恵武姫《ハイラル・メナス》のエリス、リップル達であればきっと大丈夫《だいじょうぶ》だから、自分達はまずこのアルカードで出来る事をしようと言った。

つまり、一つ目のリックレアに向かって来るアルカード軍への対応を優先するという事だ。

だがイングリスはラフィニアの意見に対して首を振《ふ》った。

こういう重要な時にラフィニアが下す意思表示に、イングリスが異を唱えるのは極《きわ》めて稀《まれ》な事である。

ラフィニアは吃驚《びっくり》した様子でイングリスを見る。

「クリスが自分から戦う相手が少なくなる方を選ぶなんて……!? あ、ひょっとしてラファ兄さまだったら虹《プリズマー》の王を倒しちゃうから、早くしないと間に合わないって事……!? そんなのダメだからね！ さっきも言ったけど、あたし達しかここの人達を守れないんだから、まずそれが優先！ いいわね！」

「いや——よくないよ、ラニ。それはよくない」

「クリス……？ いつもあたしに決めろって言うのに——あ、あたし何かクリスを怒《おこ》らせるような事した……？」

「いや、そうじゃないよ。ただ——エリスさんとリップルさんがわたしを待ってくれてるから。急がないと」

伝令から戻《もど》って来た騎士は、ラファエルが戦死したとは言わなかった。

もしそんな事があれば、それは大きな知らせである。

必ずその情報も入って来るはず。

つまりラファエルはまだ無事という事になる。

それでいて、動き出した虹《プリズマー》の王は王都カイラルに向かって進んでいるという。

ラファエルが武器化した天恵武姫《ハイラル・メナス》を手に取り、虹《プリズマー》の王を食い止めようと戦いを挑《いど》んだのなら——その戦いの結果に関《かか》わらず、ラファエルは帰らぬ人となる。

聖騎士は戦死したが、虹の王《プリズマー》を食い止められた。

又《また》は、聖騎士は戦死したが、虹の王《プリズマー》は食い止められなかった。

情報は、このどちらかになるはずだ。

そのどちらでもないという事は、まだラファエルは決戦を挑んでいないのだ。

虹の王《プリズマー》が王都カイラルに向けて深く進行すればする程、被害は拡大して行くだろうに——

ラファエルはイングリスが赤子の頃《ころ》に比べればそれはもう随分《ずいぶん》大人になったが、それでも根本的に虹の王《プリズマー》の脅威《きょうい》を黙《だま》って見ていられるような性格ではない。

エリスとリップルが、懸命《けんめい》にラファエルを押さえているのが目に浮《う》かぶようだ。

何とか虹の王《プリズマー》の進行に伴《ともな》う被害を最小化しながら、待っているのだ。

イングリスがその場に駆け付け、虹の王《プリズマー》を撃破《げきは》するのを。

それによって、ラファエルは命を散らさずに済む。

彼女達《かのじょたち》はその一縷《いちる》の希望に賭けているのだ。

イングリスとしても、ラファエルは大切な家族だ。

それに何より、ラファエルの身に何かあればラフィニアが悲しむ。

それも一生心から消えない程の大きな悲しみを背負う事になるだろう。

可愛《かわい》いラフィニアにそんな思いをさせるわけには行かない。

「クリスを待ってるって——何でそんな必要があるのよ？　虹の王《プリズマー》が動き出したなら、早く倒さないとその分被害が増えるのに……！」

ラフィニアは納得《なっとく》がいかない、という様子だ。

「エリス様とリップル様は、虹の王《プリズマー》と戦うのを避けたがっているという事なの——？　どうして……？」

「でも確かに——王都に虹の王《プリズマー》の幼生体が現れた時は、リップル様も校長先生も、天恵武姫《ハイラル・メナス》の武器形態化を要請《ようせい》なさったシルヴァ先輩《せんぱい》を止めていらっしゃいましたわ。レオーネのお兄様もそうでしたわ。結局、イングリスさんが割って入って有耶無耶《うやむや》になりましたけれど——」

「そうね、来るなり先輩を殴《なぐ》り倒して吃驚したけど……もしかしてあの時のイングリスのあれって、単に自分が戦いたかったからじゃなくて、何か理由があったの……!?」

思慮深《しりよぶか》いレオーネとリーゼロッテは、即座《そくざ》に推論を巡《めぐ》らせる。

「クリス……!?　何かあたしに隠し事《ごと》してるの——!?　何を隠してたの？」

「それは——」

これ以上、隠し続ける事は無意味だろう。

何より、これからラフィニアがどう動くか判断する上で、これを知っているかどうかは重大な影響《えいきょう》を及《およ》ぼす。

知っていれば、こちらへ向かって来るラティの兄ウィンゼル王子が率いるアルカード軍への対応を優先するとは言えないだろう。

もしも知った上でもそう言い続けるのならば、イングリスとしても従うが——

何はともあれ、正確に状況を知らなければ適切な判断は下せない。

判断材料はきちんと提示する必要がある。

「うん——ごめんね。確かにラニに言ってなかった事があるけど、その前に——」

一応断っておいた方がいいだろう。

イングリスはこちらを取り巻いているラティ配下の騎士隊——の更に外側にいる住民達の一角に目を向ける。

「——レオンさん、済みません。エリスさんやリップルさんの事、ラニ達に話させてもらいます」

「「「ええええええっ!?」」」

イングリスの発言に、吃驚したラフィニア達が声を上げる。

「……やれやれ、バレバレか。この状況で気配も隠《かく》せないとは、君には恐れ入るよ。こんな可愛らしい子に言っちゃあ悪いが、まるでケダモノ並みだぜ」

イングリスに呼びかけられた人物はひょいと肩《かた》をすくめて降参の意を示す。

そして目深《まぶか》に被ったフードを上げると、苦笑いするレオンの顔が露《あらわ》になる。

「強者の気配には敏感《びんかん》なつもりですから」

イングリスはにっこりと、レオンに微笑《ほほえ》みかける。

「おいおい止めてくれ、こっちは戦う気は無いんだよ」

「残念ですが、こちらも――」

だが丁度いい所に現れてくれた。

イングリスがこれからラフィニア達に伝えようとしている事は、レオンの証言があった方が信憑性《しんぴょうせい》を増すだろう。

「レオンさん――！　ほ、本当だわ……！」

「お兄様……！　いつからここに潜《もぐ》り込《こ》んで――!?」

「ほんのついさっきさ。何か若い子達が幸せそうに盛り上がってたから、出辛《でづら》くてなぁ。見つけて貰《もら》えたのは逆に丁度良かったかもな」

つまり伝令の騎士達《きしたち》が戻って来るのとほぼ変わらない到着《とうちゃく》だったという事になる。

「血鉄鎖旅団《けってつさ》はアルカードの状況には介入《かいにゅう》しないと思っていましたが？」

「まあ、な――俺は別にアルカードに用があるわけじゃない。うちの大将からの指示さ、

君に用があってな」

「どんな御用《ごよう》でしょう？」

「とはいえ半分はもう終わっちまってるがな――カーラリアの東の、ヴェネフィクとの戦《せん》況《きょう》は今君達も聞いての通りだ。虹の王《プリズマー》から生み出される魔石獣への対応は、騎士団《きしだん》で手が回らない分は、俺達血鉄鎖旅団も勝手に手伝ってるが――早く虹の王《プリズマー》本体を撃破しなけりゃジリ貧だ。で、うちの大将が君を御指名《ごしめい》ってわけだ。見つけて運んでやれってさ。足の準備は出来てるぜ？　乗ってくかい？」

レオンは空を見上げて指を差す。

薄暗《うすぐら》い曇天《どんてん》の雲の切れ目に、大きな船影《せんえい》が姿を現していた。

「なるほど……それは御親切《ごしんせつ》にどうもありがとうございます。ですがまずラニ達に説明をしなければいけませんので、少し待って下さい」

「ああ。だが急いでくれよ、時間がねえ。こんな事を頼《たの》めた義理じゃねえが、ラファエルの奴《やつ》を助けてやってくれ。頼む――」

「ええ。勿論《もちろん》そのつもりです。さあラニ、みんな、周りに聞かれない所で話そう？」

イングリスは自分達が宿舎に使っている木組みの家屋を指差す。

「レオンさんもご一緒《いっしょ》にどうですか？」

「いや、俺は遠慮《えんりょ》しとくよ。どう足掻《あが》いたって楽しい話にゃならねえからな。上で出発の準備をしてるさ。ただ――皆に言っとくが、これからイングリスちゃんが伝える事は事実だよ。しっかり気を強く持って聞くんだぜ？」

レオンはそう言うと、踵《きびす》を返して立ち去って行く。

「クリスがラファ兄様を助ける――？　そりゃあ一緒に戦えば、助かるだろうけど――」

「……意味深ね――」

「ですわね、ともかく行きましょう――」

と、そこへ別の声が頭上から降ってくる。

「イングリス殿っ！　イングリス殿ーーーーッ！」

野太く良く通る男性の声。

この声にも顔にも、覚えがある。

「レダスさん……!?」

機甲鳥《フライギア》に乗って現れたのは、カーラリア王国の近衛騎士団長であるレダスだった。

「レ、レダスさんまでここに来るなんて――」

「近衛騎士団長が……」

「一体どういう事ですの――？」

レダスは見た目の割に意外と親しみやすい性格をしていたり、イングリスの事を異様に信奉《しんぽう》していたりするが、れっきとした近衛騎士団長である。

伝令など行うような立場ではない。

その彼がこうして現れた事自体が、まず異様である。

「おおおお、イングリス殿……！　お探し申し上げましたぞ――！　相変わらずの可憐《かれん》なそのお姿を拝見致《いた》しますと、ここまでの疲労《ひろう》も吹《ふ》き飛ぶようでありますッ！」

「ははは――ありがとうございます。わたしを探していたというのは、虹の王《プリズマー》が動き出した件に関してですか？」

「こちらにも情報は届いておりましたか――！　左様ですイングリス殿、ですが私のお持ちした特命はその前のものになり申す……！」

「前？　というと？」

「はっ！　虹の王《プリズマー》が今にも動き出す兆候が見られるため、イングリス殿を前線に送って頂きたいと天恵武姫《ハイラル・メナス》のお二人がご所望《しょもう》になっているとの事であります！」

「エリスさんとリップルさんが――？　そうですか――」

最初に伝令の騎士から得た情報から、エリスとリップルはイングリスを待っていると推測をしていたが――実際その通りだったようだ。

しかも虹の王《プリズマー》が実際に動き出す前に、知らせを出してくれていたのだ。

結局、情報としては前後してしまったが。

「ウェイン王子とセオドア特使殿から知らせを受けた国王陛下は、その通りに致すよう特命をお発しになりました！　重大な命ゆえに、万が一にも伝え漏《も》れぬよう私が参りましたが――居所をお探し申し上げている間に遅くなってしまった事を謝罪いたします――！」

「いえ、お疲《つか》れ様《さま》です。ありがとうございました」

イングリスはレダスに向け丁寧《ていねい》に一礼する。

「クリスの言った通り、エリスさんもリップルさんも、クリスを……!?」

「血鉄鎖旅団もイングリスを呼ぼうとしているし――」

「ここへ来て大人気ですわね、イングリスさん――」

「そうだね。フフェイルベインにも機神竜になったイーベル殿にも嫌《きら》われちゃったから、戦いに呼んで貰えるのは嬉《うれ》しいね」

「……クリスのどこを見てたら、虹の王《プリズマー》が復活するなんて国の一大事に真っ先に呼ぼうとするのかしら――全く話が見えないわよ……？」

「わたしは何にも縛《しば》られてないから――ね？　そういう力が今は必要なんだよ。エリスさんにも、リップルさんにも、ラファ兄様にもね」

「「……？」」

イングリスは穏《おだ》やかに微笑んでみせるが、ラフィニア達は首を捻《ひね》るばかりだ。

レダスも同じような様子で、それを見るとレダス自身も本当の所を分かっていないように見える。

「とにかくちゃんと話すから――さあ、みんな行こう」

イングリスはラフィニア達を引き連れて、宿舎にしている家屋に入って行った。

◆◇◆

「な、何と…………ッ!? それはまことですか、イングリス殿――ッ!?」

イングリスが天恵武姫《ハイラル・メナス》と聖騎士についての真実を告げると、宿舎の家屋の中にレダスの大きな声が響き渡《わた》る。

「ええ事実です。間違《まちが》いありません。信じられないのも無理はありませんが――」

「確かに、私の知る限りの逸話《いつわ》においては、虹の王《プリズマー》と戦いし聖騎士は皆その後亡《な》くなっておりますが――それは余りにも激しい虹の王《プリズマー》との戦いが故《ゆえ》――我《わ》が弟シルヴァならば、必ずその前例を打ち破ってみせてくれると……!?」

「そう言った類のものではありません。虹の王《プリズマー》を打ち破る程《ほど》の聖騎士が天上領《ハイランド》に牙《きば》を剥《む》く事が無いように、計算ずくでそのような設計がされているのです。草刈り場《くさかりば》である地上が過度に荒廃《こうはい》する事が無いように虹の王《プリズマー》を討《う》ち滅《ほろ》ぼし、同時に地上最強の戦力である聖騎士も滅ぼす――よく出来た手ではあると思います。これで地上と天上領《ハイランド》の関係は長く保たれる事でしょう」

「ぬうう……ッ！　ではイングリス殿……！　天恵武姫《ハイラル・メナス》は地上を救う女神《めがみ》であると共に、我が弟シルヴァや聖騎士達の命を奪《うば》う死神であると――!?」

「そういう言い方も出来るでしょう。で、あるが故にこの事実はごく限られた人間にしか伝えられないのだと思います。事実が広く知られれば、天恵武姫《ハイラル・メナス》を恨《うら》み、反発する者も出て来るでしょうから。それは国を統治する側にとっても懸念《けねん》すべき事です。現実的には天恵武姫《ハイラル・メナス》に頼《たよ》るしか地上の国を守り続ける方策は無いのですから――国を一つに保つためには天恵武姫《ハイラル・メナス》は地上を守る女神だと信奉されている方が望ましいです。近衛騎士団長のレダスさんすらご存じないのが、その証拠《しょうこ》ですね。おそらく聖騎士本人と、王族の方のみで閉じられた情報でしょう」

「そ、そんな……如何《いか》にイングリス殿のお話と言えども、俄《にわ》かには信じられませぬ――」

「ですがレダス様、こ、これは事実ですわ――先程《さきほど》レオーネのお兄様が……レオン様が仰《おっしゃ》っていましたもの――これからイングリスさんが語る内容は事実だと――イングリスさんが何を話すつもりか、すぐにお分かりになられたのですね……」

「うん。そうだよリーゼロッテ」

「そんな……レオンお兄様――私、全然知らなかった……そんな、そんな事があったなんて――」

レオーネは声を震《ふる》わせて、俯《うつむ》いている。

「……レオンさんは、本当の意味でこの地上の人達を守るには、あのままじゃダメだって思ったんだろうね――確かに聖騎士を続けて虹の王《プリズマー》からこの国の人達を守れるかも知れないけど、天上領《ハイランド》や天上人《ハイランダー》から守れるわけじゃないから――」

「え、ええ――そうね……一緒に来てくれれば良かったのに……」

レオーネが胸の前でぎゅっと握った手が、細かく震えている。

俯いた表情は見えないが、きっと必死に涙《なみだ》を堪《こら》えているのだろう。

「それでもレオーネやアールメンの街の人に迷惑《めいわく》をかけたのは事実だから――合わせる顔はないって思ってるんだと思うよ」

「……お兄様らしいわ。普段《ふだん》あんな感じだけど、本当は誰《だれ》より誠実なのよ――」

「……そうだね」

イングリスは微笑みながら、レオーネの肩にそっと手を置いた。

その逆側にはリーゼロッテがそっと、寄り添《そ》っていた。

「ラファ兄様はレオンさんと少し違《ちが》って――例え天上領《ハイランド》との関係が何も変わらなかったとしても……それでも、虹の王《プリズマー》が現れた時は、誰かが人々を守って戦わないとって考えてるんだと思う。そこにどちらが正しいなんてなくて、考え方の違いだね。お互《たが》いそれが分かってるから、ラファ兄様はレオンさんへの恨み言は言わないし、レオンさんもラファ兄様を助けて欲《ほ》しいって言うんだよ」

「ええ、ええ――」

「わたくし達の与《あずか》り知らぬ所で、多大なご心労をお抱《かか》えになっておられましたのね――」

イングリスの言葉に、レオーネとリーゼロッテは深く頷《うなず》く。

ラフィニアは無言で、ぎゅっとイングリスに抱《だ》き着いて来た。

「ラニ――吃驚したよね？　ちょっと辛《つら》い話だったけど、大丈夫――？」

「……ごめんね、クリス――」

「え？」

「こんな話――一人で抱えてて辛かったわよね？　気遣《きづか》ってあげられなくてごめんね」

「ラニ……ありがとう、優《やさ》しいね――」

こういう状況でこういう話を聞かされて、確実に衝撃《しょうげき》を受けたはずなのに、イングリスの事を気遣ってくれる。

優しく、芯《しん》の強い子に育ってくれてよかった――

ラフィニアの成長を見守り続けて来た身としては、そう思えて嬉しくなる。

「わたしは大丈夫だよ。ずっと黙っててごめんね。リップルさんからも内緒《ないしょ》だって言われてたから――」

「……それはちょっと怒ってるけどね――」

ぎゅううううぅぅぅっ！

ラフィニアがイングリスに抱き着く腕《うで》に力を込めて締《し》め付ける。

「いたたたた……っ！　わ、わたしが何とかするから許して――？」

「……できそうなの？」

「勿論だよ。エリスさんやリップルさんがわたしを呼ぶのはそのためだからね？　何の縛りも無いわたしが虹の王《プリズマー》を倒してしまえば、ラファ兄様が命を落とす事も無いし、誰も悲しまない――エリスさんもリップルさんも、何度も聖騎士が命を失う所を見て来て、きっと辛いんだよ。わたしとしても、強い敵を優先的に回して貰えるのはありがたいし――これっていい事ずくめだよね？」

「毒だらけね、クリス！」

「まあ、それも毒を以て毒を制すですわ。神竜は危険な存在でしたのは確かですし――」

「そうね、力ずくで奪い取ったと言うか――」

「いや、竜さんは授けたつもりなんてないと思うけどね――？」

　フフェイルベインやイーベルのように、計略や打算で戦いを避けたりしないのだ。

　余計な事を考えずに思い切り襲《おそ》い掛《か》かって来てくれるから。

　やはり魔石獣はいい敵だ。

　不足はないだろう。

　神竜の鱗《うろこ》で造った特製の剛剣《ごうけん》――その最初の実戦の相手が虹の王《プリズマー》ならば、相手にとって
「……！」

「もう、人聞きが悪いよ？　でも、うん――フフェイルベインがわたしに授《さず》けてくれた剣《けん》で、必ず虹の王《プリズマー》を倒してみせるよ。ふふふ、やっぱり結局魔石獣なんだよね、魔石獣」

「こんな時まで喜んでるのは人としてどうかと思うけど、毒を以《もっ》て毒を制すよね！」

　少し涙の跡が残ってはいるが、表情にはいつもの明るさが戻っている。

　ラフィニアがぱっと顔を上げる。

「――クリスらしいわね！」

「みんなでひどいんだから――！　でも元気出たみたいだね？　それで、どうする？　わたしが早く戻った方がいいって言ったのは、そういう理由があったからなんだけど――」

ラフィニアに判断材料は提供した。

イングリスとしては今すぐに引き返す事を勧《すす》めたいが、ラフィニアがそうではないと言うならば従うつもりはある。

「うん――」

ラフィニアが表情を引き締める。

「迷う必要なんてないわ、ラフィニア！　すぐ戻るのよ――！」

「レオーネ――でも……！」

「分かってる――！　ここに向かってくるアルカード軍は、私とリーゼロッテが残って何とかするわ……！　二手に分かれましょう、イングリスとラフィニアはすぐに戻って！　いいわよね、リーゼロッテ？」

「ええ……！　レオーネがそう言わなければ、わたくしが言っていた所ですわ」

「二人とも――」

「急げばきっと間に合うわ――！　ラファエル様をお助けして……！　そうすれば、レオンお兄様が抱えている負い目も少しは軽くなると思うから――」

「ありがとう……！　じゃあ、あたし達はすぐにカーラリアに引き返すわね。ラティ、プラム、最後まで手伝えなくてごめんね……！」

ラフィニアの言葉に、ラティは大きく首を振る。

「いや、こっちこそ何から何まで助けて貰っちまって済まねえ――本当なら全員ですぐ引き返せって言いたい所だけど……言えなくて悪い――！」

「イングリスちゃん、ラフィニアちゃん、気を付けて下さいね……！　虹の王《プリズマー》を倒したら、またアルカードに来て下さい、今度は名物の美味《お い》しいものを沢山《たくさん》用意しておきますから――」

「おっ！　それは楽しみ――！　ね、クリス？」

「うん、負けられないね……！」

イングリスはラフィニアと頷き合った後、近くに控《ひか》えるレダスに顔を向ける。

「ではレダスさん、すぐにカーラリアに戻りましょう」

「ははっ！　ありがとうございます、イングリス殿――！　では一度ビルフォード侯爵《こうしゃく》のおられる戦陣《せんじん》に立ち寄り、高速艇《こうそくてい》に乗り換《か》えまして――」

「いいえ、その必要はありません――足はありますから」

ゴゥンゴゥンゴゥン――

丁度イングリスの言葉に応じるかのように――屋根の上から響《ひび》く駆動音《くどうおん》が耳に入って来た。

レオンが用意して来たという血鉄鎖旅団の艦艇《かんてい》が、高度を下ろして迎《むか》えに来たのだ。

「丁度迎《むか》えに来てくれたみたいだね。行こう、ラニ――レダスさんもご一緒に」

イングリスが先導して宿舎の外に出て、空を見上げると――

飛空戦艦《せんかん》が高度を下げ、野営地全体を覆《おお》いそうな程に大きな影《かげ》を落としていた。

「おおぉぉ――っ!?　これは天上領《ハイランド》の……!?」

「それを血鉄鎖旅団が拿捕《だほ》して行ったものでしょうね、イーベル殿がカーラリアの王宮を訪《おとず》れた時のものかと」

それを補修して自分達の戦力としているのだろう。

これほどの艦艇、匹敵《ひってき》するのはカーラリア王国の騎士団でもセオドア特使の専用艇《てい》くらいだろう。

保有している装備の質としては、一国の騎士団に決して劣《おと》らない。

「血鉄鎖旅団ですと――!?　い、いけませんぞイングリス殿……！　そのような輩《やから》などと手を組んだと見られかねません――！」

「緊急事態《きんきゆう》ですから、使えるものは使いましょう？　わたし達が今一番優先するべきは、国王陛下の特命を果たす事でしょう？」

「し、しかし……！　あれに乗ってしまえば敵の掌《てのひら》の内とも言えましょう？　いつ襲われるか分かったものではありませんぞ……⁉」

「襲って下さるなら、お礼を言って相手になりますが――？　移動中のいい準備運動になりますよ？　新しい剣の試《ため》し切りにもいいですし」

「は、はぁ――さ、流石《さすが》イングリス殿は豪胆《ごうたん》でいらっしゃいますなあ……！　分かり申した、腹を括《くく》ってお供いたしますぞッ！」

「ええ。では行きましょう――ラニも大丈夫だよね？」

「うん――でも……もしかしたら星のお姫様号《スター・プリンセス》の方が早いかも知れないけど……？」

「三人だと速度は落ちるし、二人だとしても、カーラリアまでの長距離《ちょうきょり》を全速力は機体がもたないよ？　途中《とちゆう》から星のお姫様号《スター・プリンセス》でもいいけど、ある程度運んで貰った方がいいね。それに――」

「それに――？」

「あの船なら、持って帰れるよ――あれ」

イングリスは広場から外れた、レオーネとリーゼロッテが主に働いていた肉切り場に、ちらりと目を向ける。

そこには切ってまだそれほど経《た》たない、新鮮《しんせん》な神竜の尾《お》が丸々一本横たわっている。

「新鮮なお肉……!?　一本丸ごと!?」

「うん。高速で運ぶならそのままで大丈夫――持って帰って、ラファ兄様に食べさせてあげようよ？」

「いいわね！　きっとラファ兄様も喜ぶわ！」

「じゃあ、すぐ持って来るね――！」

そして――

「さあ行こう、ラニ――！」

「うん……！　待っててね、ラファ兄様――！　必ず助けて、おみやげに竜さんの美味しいお肉も食べさせてあげるからね――！」

イングリスとラフィニアは、真剣《しんけん》な表情で頷き合う。

イングリスの方は生の神竜の尾を丸々一本肩に担《かつ》ぎ、ラフィニアの方は干し肉に加工した神竜の肉の大きな塊を両手に抱えて――

ついでにレダスも、荷物持ちとして同じ干し肉を持たされていた。

「……表情と恰好《かっこう》が合っていませんわねえ――」

「ま、まあ、いつもの事よ……あれだけラファエル様へのお土産《みやげ》を用意して行くって事は、絶対お助けするっていう決意の表れでもあるし――ね」

「その方があいつらしくていいんじゃねえかな――あんまり悲壮感《ひそうかん》漂《ただよ》わせてるのも、な……？」

「きっと大丈夫ですよ……！　むしろ私達の方こそ、自分達が帰らなかったらってイングリスちゃん達を後悔《こうかい》させないように、しっかりしないとです……！」

そんな風に皆が見送る中――血鉄鎖旅団の飛空戦艦の底部の格納庫が開き、中から人が顔を覗《のぞ》かせる。

「凄《すご》い積荷だな……!?　今船を下ろすから、少し待っていてくれ――！」

「いえ不要です、急ぎますので――！　少しそこから後ろに下がって頂けますか――!?」

「……？　どうするつもりだ――あぁぁぁっ!?」

血鉄鎖旅団の兵士が応じた時、イングリスは既《すで》に神竜の尾を抱えたまま猛然《もうぜん》と助走に入っていた。

そうしながら、一度レオーネ達の方を振り返る。

「じゃあみんな――また騎士アカデミーで会おうね！　はあぁぁぁぁぁぁっ！」

勢いよく地を蹴《け》ると、まるで竜の尾の重量など存在しないかのように、軽《かろ》やかにその姿が空に舞《ま》い上がり――そのまま船の格納庫へと吸《す》い込まれて行く。

ずだあああああぁぁぁぁぁぁんっ！

イングリスと巨大《きょだい》な神竜の尾が飛び込んで来た衝撃で、一瞬《いっしゅん》船体が大きく傾《かし》ぐ。

「おおおおおおおぉぉぉぉっ!?」

「と、飛んだ……!?　こんなでっかいモノを抱えて……!?」

「に、人間業《にんげんわざ》じゃない……！　流石は首領がわざわざ呼ぼうとするだけは――っ!?」

狼狽《うろた》える血鉄鎖旅団の兵達《たち》に、イングリスはぺこりと一礼する。

「カーラリアまで送って頂けるそうで――よろしくお願いします」

「お、おお……？」

「こ、こうして見ると――」

「す、凄い可愛いな……システィア様以上かも……？」

「おいおいお前ら、それシスティアの前で言うんじゃねえぞ？　あいつはイングリスちゃんの事嫌ってるからなあ」

兵達の間から、レオンが姿を見せた。

「……わたしはあの方の事は嫌いではないんですが――？」

「――あいつは喧嘩《けんか》っ早《ぱや》いからだろ？」

「はい。好戦的な方は大好きです」

「ははは――どんな時でも君は変わらないなぁ。今はそれが頼もしいよ」

そこへ、星のお姫様号《スター・プリンセス》に乗ったラフィニアが姿を見せる。

イングリスに続いて、格納庫に入って来たのだ。

「レオンさん……！　それよりも、レオーネと話しておかなくていいんですか……？　今ならまだ――！」

「いや、今は一刻を争うんだ。君達を早く送らなきゃならん――それに、俺《おれ》にはあいつに合わせる顔なんてないからなあ……何をどう取り繕《つくろ》った所で、俺のせいであいつがとんでもなく苦労した事は事実だろ？　むしろ知っちまった事で、俺を倒《たお》して家の汚名《おめい》を返上しようって目的でようやく立ってるあいつを、無駄《むだ》に迷わせちまったかも知れん。不出来な兄で申し訳ないぜ――」

レオンはばつが悪そうに後ろ頭を掻《か》きつつ、イングリス達に背を向ける。

「大丈夫。どんな事情があっても自分がやる事は変わらない、レオンお兄様を倒す――って言ってましたから」

「……ラニ？」

話を聞いたレオーネは、そういう事は言ってはいなかったが――

イングリスがラフィニアを見ると、しーっという仕草をされた。

「そうか――いやでも、それでいいんだ。あいつには、それが――」

「……嘘《うそ》ですよ」

「えぇ……!?」

「ラファ兄様を助ける事が出来たら、レオンさんの気持ちも軽くなるだろうから――早く行ってあげてって言ってました」

「……！　そうか、あいつがそんな――」

「……どっちの方が良かったですか？」

ラフィニアが悪戯《いたずら》っぽくレオンに微笑む。

「――やれやれ、意地が悪い事を聞かないでくれよ」

レオンは降参した、というように両手を上げる。

「ラファ兄様の事はあたし達に任せて下さい。だから、今じゃなくてもいいですけど、ちゃんとしっかりレオーネに謝《あやま》って、仲直りする事――！　いいですね……!?」

「ラフィニアちゃん――」

「まあ、あたしじゃなくてほぼ全部クリスがやるんですけどね――！」

「いいんだよ、ラニ。わたしの力はラニが自由に使っていいから、それはラニの力だって言っても過言じゃないと思うよ？」

「ははは……ホント仲いいなあ、君達は――ああ、いつかラフィニアちゃんの言う通りになればいいなって思っておくよ――」

「よし――じゃあ早速《さっそく》行きましょ！　全速力でっ！」

「もうラニ――わたし達は送って貰う立場なのに」

「いや、いいさ――何か言う事を聞いてあげたくなる不思議な魅力《みりょく》があるよ、ラフィニアちゃんはさ――さあ行くぞ！　出発だ！」

レオンが周囲の兵士達に向け、高らかに宣言した。

「「はっ！」」

その指示に応《こた》えて、それぞれに散って行く血鉄鎖旅団の兵士達。

「さ、君達に使って貰える船室に案内するよ。と、その前に――ほらっ」

レオンはイングリス達に、折り畳《たた》まれた黒い厚手の服を手渡《てわた》して来る。

「これは――？」

イングリスはレオンに尋《たず》ねる。

「ここにいる皆《みな》が着てるのと同じだよ。それは女性兵士用だな。ここじゃそのままだと目立ってジロジロ見られるだろうからさ。気が向いたら着替《きが》えとくといいぜ？　まあいらなきゃ捨ててくれ」

「……ねえクリス、どうする？　これちょっと気になるけど……」

今回は力を借りるのだが、血鉄鎖旅団は反天上領《ハイランド》のゲリラ組織。

カーラリアの騎士《きし》という立場からすれば、討伐《とうばつ》すべき相容《あいい》れない存在である。

一時的とはいえ、その服に身を包んでしまっていいものかと、ラフィニアは悩《なや》んだようである。

この服自体の見栄《みば》えは良いので、着てみたくはあるようだ。

だからこそ気になると言っている。

「別に着てもいいと思うよ？　服に罪はないし――」

気になるのは、イングリスも同意見だった。

単純に、新しい服というのは心が躍《おど》る。

鏡に映る自分自身を、新鮮な気持ちで鑑賞《かんしょう》できるからだ。

早速後でそうさせて貰おうと思う。

第3章 ◆ 15歳のイングリス 東部戦線 その3

「う……うぅ――――」

ラファエルの意識が覚醒《かくせい》すると、朧《おぼろ》げな視界の中に丸い覗き窓が見えた。

そこには晴れた見通しの良い空が映し出されている。

「空……？　ここは、船の中……!?　そ、そうだ虹の王《プリズマー》は……!?」

ここは今回の作戦で聖騎士団が本陣《ほんじん》としていたセオドア特使の専用船だろう。

ラファエルが覚えているのは、ロシュフォールとの戦いの最中、自らを覆う氷を破壊《はかい》して動き出した巨大な鳥の姿をした虹の王《プリズマー》が、無数の光弾を撃《う》ち出した所までだ。

「あ、ラファエル――！　良かった、目が覚めたみたいだね……！」

「体の方は大丈夫《だいじょうぶ》？　どこか痛い所はない？」

部屋の中にはエリスとリップルがいて、様子を見守っていてくれたようだ。

「僕《ぼく》は大丈夫です。お二人こそ僕を庇《かば》って――済みませんでした」

ラファエルの身を案じる二人こそ、痛ましい姿になっていた。

リップルは首や腕に包帯を、エリスは片目に眼帯をしているのだ。

あの時、エリスもリップルも、虹の王《プリズマー》の攻撃《こうげき》からラファエルを庇ってくれていた。

その結果が二人のこの姿で、ラファエルは無事で済んでいる。

「大丈夫だよ。天恵武姫《ハイラル・メナス》は頑丈《がんじょう》だからね？　ほっとけばそのうち治るから――」

「ええ、気にしないで頂戴《ちょうだい》。これも大げさだけど、単に回りが気にするから傷を見せないようにしているだけよ。動くのには支障は無いわ」

「……ありがとうございます。あの、僕はどのくらい気を失って――？」

「七日くらい寝《ね》てたかな？」

「ええ、そうね」

「七日も……!?　虹の王《プリズマー》が動き出したというのに、そんなにも聖騎士の務めを果たせないとは――！　その後の状況《じょうきょう》はどうなったんですか……!?」

「虹の王《プリズマー》は王都方面に向けて進んでいる途中よ。急いで進む様子は無いから――こちらは進路に先回りをして、徐々《じょじょ》に後退しながら様子を見ているわ」

「今の所だけど、虹の王《プリズマー》が進んで来た進路上に大きな街は無かったよ。だからそこまで大きな被害《ひがい》は出てない感じかな――」

「そう――ですか。しかし、虹の王《プリズマー》は虹の雨《プリズムフロウ》の塊《かたまり》のようなものだと――虹の王《プリズマー》によって生み出された魔石獣《ませきじゅう》が周囲に溢《あふ》れ出して村や町を襲うのでは……？」

「そうね、それはあるわ。だから聖騎士団は細かく小隊に分かれて、虹の王《プリズマー》の進路付近の集落に到達《とうたつ》する魔石獣の討伐に動いているわ──ウェイン王子とセオドア特使の指示でね」

「なるほど……しかし、兵力が足りますか──？」

「そこは大丈夫だよ。今の所はね──一応、援軍《えんぐん》もいるしね？」

「リップル様、援軍とは？」

「血鉄鎖旅団《けってつさ》だよ。虹の王《プリズマー》から生み出されてくる魔石獣を狩《か》って、数減らしをしてくれてるみたい」

「血《けっ》鉄鎖旅団──!?　それは……大丈夫でしょうか？」

「こんな時だもの、使えるものはなんだって使う方がいい──というのが、王子と特使の意見よ。複雑だけど私も賛成、前の戦いでこちらの被害も少なくないし、聖騎士団だけじゃ手が足りないわ──」

「……そうですか。ならば、頼りにしても良さそうですね──クリスやラニが言うには、血鉄鎖旅団にも天恵武姫《ハイラル・メナス》がいるそうです。それにレオンも……」

「ええ、そうね──」

「だからまだ大丈夫だよ。これからこれから──！」

どんな時でも明るく鼓舞《こぶ》しようとしてくれるリップルに、ラファエルも微笑《びしょう》を浮《う》かべて頷く。

「はい、リップル様……！　ところで、奴《やつ》は……ロシュフォールはどうなりましたか？」

「分からない――ボク達もあの虹の王《プリズマー》の攻撃で吹っ飛ばされて、それから見てないよ？　ヴェネフィク軍自体も、どこに行ったのかさっぱり」

「あんなにも全力で武器化した天恵武姫《ハイラル・メナス》を使えば、どうなるかは目に見えているわ――将軍を失って、自国に引き返したのだと思うわ」

「そうですか――奴はどうしてあんな自殺行為《こうい》のような真似《まね》を……」

「理解できないわね、あの様子は正常な精神状態にも見えなかったし――」

「……とんでもない奴だったね、あいつのあの暴走した攻撃が、虹の王《プリズマー》を刺激《しげき》して起こしちゃったかも知れないし――」

「……どうして奴に天恵武姫《ハイラル・メナス》が祝福を与《あた》えるのでしょう。心を一つにしなければ、武器形態化は為《な》し得《え》ないはず――」

「あちらの天恵武姫《ハイラル・メナス》も、あの男の行動に納得《なっとく》していたという事かしら――」

「とてもそのような方には見えませんでしたが――？」

「私が駆《か》けつけた時には、すでに武器化をしていたから分からないけれど――」

「ボクも。どんな子だったの？」

「アルル様と言って、リップル様と同じ獣人種の方でした――雰囲気《ふんいき》はリップル様と違っていて、どこか物憂《ものう》げな感じで……」

「ちょっとそれどういう事かな？　ボクがのーてんきでお気楽そうに見えるって事ぉ？」

「い、いいえ！　そういうわけでは――獣人種はリップル様のような明るい気質の方が多いのかと思っていましたので……」

「そんなの人それぞれだよぉ？　あ、でも――そうか……！　念話だ……！」

「……？　何の話？」

「ほら、二人で虹の王《プリズマー》の様子を見に行った時、ボクにだけ声が聞こえたって言ったじゃない？　あれ、そのアルルって子がボクに送った念話だったんだよ。獣人種同士なら、そういう事も出来たから――」

「獣人種の間の特殊《とくしゅ》能力ね」

その特殊な働きを利用して、リップルが獣人種の魔石獣を呼び続けてしまうという罠《わな》が仕込《しこ》まれているという事件もあったが――

本来は距離《きょり》を置いても、直接言葉を交《か》わさなくも、意思の疎通《そつう》が出来るという能力である。

「うん――ボク以外の獣人種なんてもういないと思ってたから、考えなかったけどね。別の獣人種の天恵武姫《ハイラル・メナス》がいたんだ――」

「アルル様の声を聴《き》いたと……？　何と仰られていたのですか？」

「早く逃《に》げてって――ボク達の事、心配してくれてるみたいだったよ」

「ではアルル様は奴の――ロシュフォールの行いを憂《うれ》いていたと……？」

「うん。多分そうだね――」

「分かりません……」

ラファエルは少し俯いて首を振《ふ》る。

「え？」

「どうかした？」

「ではどうして――ロシュフォールはアルル様の武器化を為し得たのでしょう？　それは天恵武姫《ハイラル・メナス》と心を一つにしてこその最強の力のはず――リップル様を案じて下さる方とロシュフォールの志が同じとは思えませんが……？」

「心を一つにというのは、何も志の問題だけではないのよ――」

「そうだね……でもそれは悲しい事だけど――ね？　きっとそのアルルって子は、まだ若いんだね……見た目の問題じゃなくて、こっちがね」

と、リップルは自分の胸をぽんぽん、と撫《な》でる。

つまりそこの奥《おく》にあるもの——心がという事だ。

「？　つまり——どういう事ですか？」

「…………」

ラファエルのこういう所の鈍《にぶ》さには、エリスもリップルも少々呆《あき》れてしまう。

品行方正で他者にも優しく情け深く、自己犠牲《ぎせい》も厭《いと》わないまさしく英雄《えいゆう》と言えるような好青年なのだが——

「ま、まあ、これ以上は止めておきましょう。深く考えても仕方の無い事よ——もうあの男の姿を目にする事も無いでしょうし。それよりも、こちらの事よ」

「そうだね。そのアルルって獣人種の子とは話してみたかったけど——」

「天恵武姫《ハイラル・メナス》が滅ぶわけじゃないわ。いずれまた——新しい聖騎士を得た彼女《かのじょ》と向き合う事になるかも知れないわね」

「うん、きっと今は辛いだろうね——」

「そうね——だけど本人にしか乗り越《こ》えられない事よ——」

エリスもリップルも思い出す事があるのか、伏《ふ》し目《め》がちに頷き合う。

「……ところでエリス様、今僕達《ぼくたち》がいるのはどこですか？」

「アールメンの街の上空よ。虹の王《プリズマー》の進路がこのままなら、ここを通るから——元々あれは、ここに安置されていたでしょう？　またここに訪れる可能性は高いと判断されたの」

「虹《プリズマー》の王の考えてる事なんて分からないけど、この街が気に入ってるのかもね――？」

「……では、ここに虹《プリズマー》の王が現れた時が決戦ですね」

「ええ。王子と特使の方針もそうよ。ここを抜《ぬ》かれたら、虹《プリズマー》の王が王都に到達してしまうかも知れないから――その前に、ね。聖騎士団《せいきしだん》だけでなく、各地の領主達の騎士団をアールメンに集合させようとしているわ」

「多分騎士アカデミーの子達も来てると思う。さっきウェインの所にミリエラが挨拶《あいさつ》に来てるのを見かけたから――」

「私の事お呼びになられましたかあ？」

部屋の扉《とびら》が少し開いて、そこからミリエラ校長がひょこんと顔を覗かせていた。

「お？　ミリエラ――？」

「――少し行儀《ぎょうぎ》が悪いわね」

「あ、ごめんなさーい。お部屋の前に来たらちょうど私の名前が聞こえたものですから」

言いながら遅《おく》れて、扉をコンコンとノックしてみせる。

「ははは――お疲《つか》れ様《さま》です、ミリエラ先輩《せんぱい》」

ラファエルが騎士アカデミーに在学している時、アカデミーの卒業生であり聖騎士候補でもあったミリエラには、何度か訓練を付けて貰《もら》ったことがあった。

彼女とはその時からの付き合いである。

「ラファエルさん――戦いの負傷が元でずっと眠《ねむ》っているとお聞きしましたが、お目覚めになられたんですね……良かったです――！」

「ええ、エリス様とリップル様が助けて下さったおかげです――」

「そうですか――エリスさんとリップルさんのお怪我《けが》は大丈夫《だいじょうぶ》ですかあ？」

「大丈夫大丈夫、もう治りかけてるし！」

「ええ、私も同じよ」

「ミリエラ先輩、済みません――騎士アカデミーの学生にまで動員がかかるような事態になってしまって……僕が不甲斐《ふがい》ないばかりに――」

「何言ってるんですかあ、仕方ないですよ。相手は人間相手に武器化した天恵武姫《ハイラル・メナス》を繰《く》り出して来たと聞きます……それを相手によくご無事で――これからのことは、これからですよお」

「ええ――その、ラニやクリスも来ているんですか？」

「いえ、彼女達《かのじょたち》は別の特別任務で北のアルカードに向かいましたので、まだ――」

そのイングリス達の動向については、エリスとリップルはラファエルが眠っている間にウェイン王子とセオドア特使を通して知らされていたが、大きな誤算だった。

イングリスが王都に居続けていれば既にもうここに来ていただろうに――

アルカード方面に急使は出して貰ったようだが、それでも虹の王《プリズマー》が来るのが早いのか、イングリスが来るのが早いのか――それが全く見通せない。

もし先に虹の王《プリズマー》がアールメンの地に現れたのであれば、可能な限り戦いを引き延ばして迎撃《げいげき》する必要があるだろう。

「そうですか――出来れば、あの子達を巻き込《こ》まないうちに……」

虹の王《プリズマー》との戦いに巻き込まれる事の、直接の危険。

そしてラファエルが虹の王《プリズマー》の討伐に成功したとしても、その後、天に召《め》されるところを見てしまう危険。

出来ればどちらからも、二人の事は遠ざけてあげたいとラファエルは思う。

彼女達は納得しないかもしれないが――

「い、いけませんよラファエルさん。焦《あせ》ってはいけません……！　たとえ虹の王《プリズマー》を倒す事が叶《かな》わなくとも、進路を変えさせ、追い払《はら》う事が出来ればそれでいいんですから。我々もご協力して、何とかそれを試みますから――！」

「はい、済みませんがよろしくお願いします」

「……ですが、最後の最後は――本当にどうしようもなくなれば、あなたに頼《たよ》る他はありません――本当にごめんなさい、ラファエルさん……私は自分も特級印を持つ身でありながら、あなただけに責任を押《お》し付けて――本当にごめんなさい……！」

ミリエラは深々とラファエルに頭を下げる。

普段《ふだん》は気楽そうで大らかなミリエラだが、今回ばかりは声を震《ふる》わせ、泣き出しそうな程《ほど》だった。

「いえ、先輩――人にはそれぞれ果たすべき役割がありますから……僕は自分の役割に納得しています。先輩の役割も、未来のために重要です。これからのこの国を守って行く力を育てるんですから――天上領《ハイランド》の新しい技術を得た新しい騎士の世代を作って行くためには、先輩が適任だというウェイン王子の判断は正しいと思います」

「……ですが、それは自己保身のための逃げだったのではと、ずっと――いえごめんなさい、私の愚痴《ぐち》なんて言っている場合ではありませんよね……大変なのはラファエルさんなのに――」

「僕は大丈夫ですから、気にしないで下さい。やるべき時にやるべき事を――それは何があっても変わりません」

ラファエルは微笑を浮かべて、ミリエラに頷《うなず》いてみせる。

「――ラファエルさんは本当に人間が出来ていますねぇ……あなたを見ていると、何だか自分が子供というか――情けなくなってきちゃいますよお」

聖騎士とは、国と人々を守る最後の希望。

輝《かがや》かしい栄誉《えいよ》ある英雄――

とはいうものの、表向きには明らかにされない天恵武姫《ハイラル・メナス》を使う事の弊害《へいがい》もあり、見た目程輝かしいものでは決してない。

単に魔石獣と戦うだけではなく、常に間近にある死の影と、己の志と信念をかけて戦い続けねばならない。

その実態は、外から見るよりも遥《はる》かに壮絶《そうぜつ》なものだ。

ラファエルはその渦中《かちゅう》の人でありながら、万人《ばんにん》が思《おも》い描《えが》くような英雄の姿を崩《くず》さない。

それはミリエラにとって、驚愕《きょうがく》すべき事だ。

同時に深く尊敬せざるを得ない。

「そ、そうですか――？　す、すみません……」

「いえ、謝るような事じゃないんですけどね」

「──大丈夫よ、ミリエラ。あなただけじゃない、私達も時々それは思うから――」

「……だねえ、ボク達も感心しちゃうよ。きっと親御《おやご》さんの教育がいいんだね」

エリスの発言に、リップルもうんうんと頷いている。

「ははは——ラニと同じ両親ですけれど……」

「ラフィニアさんは凄くいい子だと思いますよお？　ちょっと気分屋さんですけれど」

「そうだねー。正義感が強くて優《やさ》しいし——」

「強い芯《しん》のある子よ。あなたに似ていると思うわ」

「まあイングリスさんといつも一緒《いっしょ》だから、ラフィニアさんも無茶苦茶《むちゃくちゃ》な人に思われるかもしれませんけど——ね？　ああ確かに、ラフィニアさんも食べる量に関しては無茶苦茶ですけれど……」

「逆にラフィニアちゃんがいつも側で見ててくれてるから、イングリスちゃんはあのくらいで済んでる気がするけどね？」

「……そうね、賛成。わけが分からないもの、あの子は——力も考え方も何もかもがね」

「だよねえ、一見可愛《かわい》くてお淑《しと》やかで賢《かしこ》そうなふりしてるけど、中身には戦いの鬼《おに》が潜《ひそ》んでるからねえ」

「ええ、あの子こそ、親の顔が見てみたいわ——」

だがそのわけの分からない無軌道《むきどう》な力と、何者をも恐《おそ》れない強烈《きょうれつ》な闘争心《とうそうしん》こそが、今最も必要とされるものだ。

虹の王《プリズマー》には武器化した天恵武姫《ハイラル・メナス》を振るう聖騎士を以《もっ》て当たる他は無く、そして戦いの後、聖騎士は力尽《ちからつ》きて帰らぬ人となる。

その世界の常識を、何度も繰り返される悲劇を、粉微塵《こなみじん》に破壊して欲《ほ》しい――

そうすれば、ラファエルの運命も変わる。

こんな所で亡《な》くすには惜《お》しい好青年なのだ。

「ははは、クリスのご両親もうちの両親とそんなに変わらないはずなんですが――？」

これにはラファエルも苦笑《くしょう》するしかない様子だった。

「――では、私は戻《もど》らせて頂きますね？　一緒に来た生徒達を待たせていますから――」

ミリエラはラファエル達に挨拶をして、部屋を出て戦艦の格納庫へと向かう。

そこにはアカデミーから選抜《せんばつ》して来た生徒達が、ミリエラの帰りを待っていた。

その筆頭は最上級生で特級印を持つ将来の聖騎士候補――シルヴァである。

「校長先生――！　ラファエル様のご容体は如何《いかが》でしたか――？」

「私が行ったら丁度お目覚めになった所で――大丈夫、お元気そうでしたよ」

「そうですか。出来れば僕も一緒にご挨拶をしたかったですが――」

シルヴァからすれば、ラファエルは尊敬する先輩である。

目指すべき目標であり、聖騎士の理想像を体現する存在なのだ。

以前ミリエラの伝手《つて》で、ラファエルを騎士アカデミーに招いて特別訓練を行って貰ったこともあるが、シルヴァは顔を輝かせてラファエルに稽古《けいこ》をつけて貰っていた。

今回も虹の王《プリズマー》との戦いを控えるラファエルの姿から、何か学んでおきたかったのだろうが――シルヴァはまだ聖騎士と天恵武姫《ハイラル・メナス》の真実を知らない。

彼《かれ》の前では込み入った話は出来ないため、今回は申し訳ないが遠慮《えんりょ》して貰った。

「すみません、ラファエルさんのお体に障《さわ》るといけませんでしたし……代わりにシルヴァさんがもっと会いたかった人が来てくれましたから、許して下さいね？」

「やっほー。みんな元気だった？」

ミリエラの背中から、リップルが顔を覗かせる。

状況を考えると、とてもそんな気分ではないだろうが――それを見せずにこうして周囲の雰囲気を明るくしようと振舞《ふるま》ってくれるのは、有難《ありがた》い事だ。

「リップル様――！　ええ、こちらは問題なく訓練に励《はげ》む事が出来ました。これもリップル様達が国を守って下さっているおかげです……！」

「いやいや、守れてないからこんなになっちゃってねー……ゴメンね、君達まで駆り出されちゃうような事になって――」

「いえ、少しでもリップル様のお力になれるのならば、僕は本望《ほんもう》です……！　もしラファエル様のご容体が思わしくなければ、僕が代わってリップル様と共に戦わせて頂きますから、いつでもお声掛《が》けを――！」

その心意気は買いたいし、いずれシルヴァがリップルと共に戦う未来もあるかも知れないが――今はその時ではない。

少なくともシルヴァが真実を知り、それを乗り越え、それでも戦うのだと決断をする時までは――それまでは、もしラファエルが倒れ、代わりが必要な状況になれば、エリスやリップルと共に戦うのは自分《ミリエラ》である。

生徒を先に生贄《いけにえ》になどしない。

たとえウェイン王子の命に背《そむ》く事になっても、それだけは譲《ゆず》れない――

ミリエラは内心強くそう思う。

「……？　校長先生どうされました？　顔色が悪いですが――」

「い、いえ大丈夫ですよお？　全然平気です！」

「まぁ、シルヴァ君にそこまでさせないで済むように頑張《がんば》るから、そんなに固くならずに応援《おうえん》しててね？」

リップルはシルヴァの肩《かた》にぽんぽん、と触《ふ》れる。

「は、はい……！　頑張ります――！　今回はユア君もふざける様子は無いですし、こちらは何も問題ありません……！」

シルヴァはリップルに触れられると余計に緊張《きんちょう》が増しているようだが――

それはそれとして、ユアは特に文句も言わず、居眠《いねむ》りもせずその場に待機していた。

解放されている格納庫の出入り口の端《はし》に座《すわ》り、外に足をぷらぷらさせてぼんやりしている。

「お。ホントだ――ユアちゃんが寝たり帰ろうとしたりしないで大人しくしてる……！」

それはそれで逆に異常な事かも知れないが――

ともあれリップルはユアに近づいて声をかけてみる。

「ユアちゃん、久しぶりー。元気だった？」

「ケモ耳様……？　こんにちは。今日も耳と尻尾《しっぽ》、可愛い――」

「あはは、ありがと――ボクはこれが自然だから、あんまり意識してないけど……それより、ユアちゃんも王都から連れて来られてごめんね？　みんなの力を合わせて戦わないといけないから――」

「はい。大丈夫、がんばります」

ユアは全くの無表情ながら、なんだかやる気に満ち溢れたような発言をした。

「ゆ、ユアちゃんが――!?　聞いた、ミリエラ、シルヴァ君――!?」

「え、ええ……どうしちゃったんですかあ、ユアさん……？」

「ユア君。結構な事だが……い、いつもと様子が違《ちが》うな——？」

「今は気分がいいから——ここに来たら、何だか懐《なつ》かしい感じがする……」

「ユアちゃん、懐かしいって？」

「はい。お父ちゃんの匂《にお》いがする——かも？」

「かも？」

「よく覚えてないから——」

「ああ——いつか、また会えるといいね？」

「はい」

ユアは淡々《たんたん》とそう頷くと、再び足をぷらぷらさせて、下の街並みを眺《なが》め始める。

「〜〜♪」

やはり機嫌《きげん》はいいようで、無表情のままほんの幽《かす》かに鼻歌も漏《も》れていた。

◆◇◆

「〜〜♪」

頬《ほお》を撫でる風は少々きついが心地《ここち》良くもあり、晴れた空の青と、眼下の肥沃《ひよく》な草原の緑の組み合わせは絶景である。

格納庫の端に座って、そんな絶景を眺めつつ頂く神竜の肉の串焼《くしや》きもまた絶品である。

ラファエルへのお土産《みやげ》ではあるが、自分達も食べないとは言っていない。

まだまだ残りはあるからと、この風景とお肉の組み合わせを堪能《たんのう》している最中である。

「ん〜。やっぱりいい景色と美味《おい》しいご飯の相性《あいしょう》は抜群《ばつぐん》よね〜！」

血鉄鎖旅団の女性兵士用の服に身を包んだラフィニアが、そう言って笑顔《えがお》になる。

「そうだね、ラニ。もうじき王都の近くを通るかな？」

応じるイングリスも同じ格好だった。

「竜の肉とは生まれてこの方初めてですが、これは凄《すさ》まじい美味ですなあ」

肉をおすそ分けしてあげたレダスも、その味には文句のつけようがない様子である。

「まあ確かにこりゃあ美味《うま》いが――」

「これから虹の王《プリズマー》と戦おうというのに、肝《きも》が据《す》わってるというか――」

「そうだなあ、大丈夫なのか……？」

血鉄鎖旅団の兵士達は、少々不安そうにしていた。

今は既《すで》にレオンが戦艦《せんかん》を降りて別の所にいるため、余計に弱気になっているのかも知れない。

が、レオンの行動はそれはそれで必要な事だ。

異を唱えるつもりはない。

「先程《さきほど》頂いた報告によれば、まだ虹の王《プリズマー》はアールメンの街に向かっている最中のようですから――であれば、戦いに備えてしっかり腹ごしらえをと。腹が減っては戦は出来ぬと言いますし――」

「クリスもそうなの？」

「いや、迷信《めいしん》だよ。それとこれとは別。お腹《なか》が空いたくらいで戦いを止めてたら、人生の楽しみを半分損してると思わない？」

「ははは……まあ、あくまでクリスだけの場合よね、それは――」

「流石《さすが》、イングリス殿は豪胆《ごうたん》でございますなあ。やはり可能であれば、今すぐにでもこの近衛騎士団長の位をお譲りしたい所でございます……！」

「いやいや、クリスの性格とか人格とか立ち振る舞《ま》いを見て、どうしてそういう発想になるんだろ――？」

「そこがいいのだよ――力を以て我々を踏《ふ》み躙《にじ》ろうとする者共を、逆に力を以て踏み砕《くだ》く……！　そんな横暴をこの可憐《かれん》なお姿で為される様こそ、まさに痛快……！　天恵武姫《ハイラル・メナス》をも超《こ》える我々の女神《めがみ》だ――！」

「ははは、暑苦しい――」

これにはラフィニアも苦笑いするしかなさそうである。

「近衛騎士団の人達は皆こんな様子だよね――」

アルカードに発《た》つ前、王都でのワイズマル劇団の公演で舞台《ぶたい》に立つイングリスに集団で野太い声援《せいえん》を浴びせて来たのは忘れない――あれは結構恥《は》ずかしかった。

「……ですが、そのお話――受けておいた方がいいかも知れませんね」

イングリスは唐突《とうとつ》に、そんな事を言い出したのだった。

「国王陛下！　国王陛下――――っ！」

王都カイラル、王宮――静謐《せいひつ》で荘厳《そうごん》な佇《たたず》まいの謁見《えっけん》の間に、野太い男の声が響《ひび》き渡《わた》る。

「む……レダスか。相変わらず騒《さわ》がしい事よ――」

玉座に座るカーリアス国王は、ふうと一つため息をつく。

「だがよく戻ったな、ご苦労だった……！　して、首尾《しゅび》はどうか――？　イングリスを見つけ、虹の王《プリズマー》の元へ向かうよう伝える事は出来たのか……!?　本人の姿は見えぬようだが――？」

「は……！　イングリス殿は喜んで王命を受けられると――！　強敵を優先的に回して頂いて感謝するとの事でございました……！」

「ふ、ふははは……！　地上に住まう全《すべ》ての人間の天敵である虹の王《プリズマー》を相手にして、そのような台詞《せりふ》を吐《は》けるとはな……！　何とも勇猛果敢《ゆうもうかかん》な娘《むすめ》よ――！　ではイングリスはここには寄らず、直接アールメンの街に向かったのだな？」

対応の早さを優先するならば、それが正しいだろう。

カーリアス国王としては、イングリスがどんな顔をしているか直接会ってみたかったが、それは仕方がない。

国王としても、虹の王《プリズマー》の目覚めは国の存亡を左右する一大事。

こうして王宮で事の顛末《てんまつ》を見守るしかないとはいえ、不安や焦りは尋常《じんじょう》ではないのだ。

イングリスの顔を見れば、少しはそれも解消されるような気もするのだ。

「いえ、イングリス殿は今こちらに向かわれております。私だけが一足先にお知らせと準備のために参りました――！」

「ん……？　何の準備と申す？」

「近衛騎士団長への任命式でございます――イングリス殿は決戦に挑《いど》む前に、以前はお断りになられた騎士団長の就任を受けて頂けるとの事……！　ただし、臨時緊急名誉《きんきゅうめいよ》近衛騎士団長代行という事で、非常勤が絶対条件だと――！　当面、騎士《きし》アカデミーの従騎士科の学生を続けるとの事です」

「なるほど、それはそれで構わん。今のような非常時に働いて貰えるのならばな――」

今までは強敵が現れた際には協力をするというのは単なる口約束だったが、これからはそれが任務となるという事だ。

一歩進んだと言っていい。

それにより給金等が発生するが当然支払《しはら》う。

あの力に対し、そんなものは安いものだ。

「では陛下、ご許可頂けますか……!?」

「無論だ。元々はこちらが望んだ事よ。イングリスはもう間もなく参るのだな？　緊急《きんきゅう》ゆえ簡素なものになろうが、すぐに任命式の準備を致《いた》せ――！」

これまで報告を受けている虹の王《プリズマー》の動向によると、もう数日後にアールメン近郊《きんこう》に現われる――というような状勢のようだ。

現地に到着《とうちゃく》してからの準備等々もあるだろうが、一日程度ならばこちらに立ち寄る時間を取っても問題は無いだろう。

「「ははっ！」」

カーリアス国王の命が下ると、慌《あわ》ただしく人が動き始める。

その様子を横目にしながら、カーリアス国王はレダスに尋《たず》ねる。

「しかしイングリスは、どういった心変わりであろうか。何か申しておったのか？」

「はっ……！　イングリス殿曰《いわ》く、これから聖騎士団や聖騎士《きし》殿や天恵武姫《ハイラル・メナス》も差し置いて自分が虹の王《プリズマー》と戦わせて貰うのだから、それなりの肩書《かたがき》があった方が皆《みな》の納得を得やすく、作戦遂行《すいこう》が円滑《えんかつ》になると――それに事後、聖騎士団の名誉《めいよ》を損《そこ》なう事も無いと」

「……なるほどな。イングリスの申す通りではある」

イングリスはアールメンで集結中の戦力を脇《わき》に置いて、一人で戦うつもりだろう。

だがいくら王命を受けたからといって、単なる騎士アカデミーの一学生の肩書しか無いイングリスがそれを言っても、反発を受けたり命令を聞かなかったりする者が出るのは必然だろう。

そこでイングリスに近衛騎士団長の肩書があれば、その説得力は増す。

人が持つ肩書にはそういう役割があるのだ。

同じ内容でも誰《だれ》が言うかによってその重さは変わるのだ。

そして虹の王《プリズマー》を首尾よく撃破《げきは》できたとしても――

今度はその後の状況が問題となる。

その役目を果たせなかった聖騎士団に対し、騎士アカデミーの学生如《ごと》きに手柄《てがら》を奪《うば》われたという批判がどうしても起きるだろう。

それも、イングリスに近衛騎士団長の肩書があれば和《やわ》らげることが出来る。

近衛騎士団長は、格で言えば聖騎士団を率いる聖騎士達《たち》と同格。

聖騎士に手を貸して虹の王《プリズマー》を討《う》ったとしても、聖騎士が情けないのではなく近衛騎士団長が良く働いたという評価になるだろう。

これも肩書が持つ効果だ。

そこまで見通した上での、イングリスの今回の申し出だろう。

戦後の事も考えているのは、この戦いで命を落とすような可能性は微塵《みじん》も考えていないという事だ。

何とも頼《たの》もしいばかりではないか。

「あれ程の剛勇《ごうゆう》を誇《ほこ》りながらも、そこまで状況《じょうきょう》を見通す慧眼《けいがん》も持つ、か――つくづく不思議な娘よ」

常識を遥かに超越《ちょうえつ》した戦闘《せんとう》能力もさる事ながら、話してみるとその冷静な判断力と思考力にも驚《おどろ》かされる。

あの瑞々《みずみず》しい可憐な容姿の中に、重厚《じゅうこう》に積み上げられた確かな戦略眼を感じるのだ。

あれ程のものは、あの年齢《ねんれい》で身に付けられるようなものではないと思うのだが――本当に何もかもが規格外の少女だ。

世が世なら、自分の下にいるような器の人物ではないかも知れない。

それが今、カーラリアのために力を貸してくれる事の幸運に感謝をせねばなるまい。

虹の王《プリズマー》が動き出したのならば、そこには必ず悲劇が生まれる。

たとえ撃破に成功したとしても、天恵武姫《ハイラル・メナス》を手にして戦った聖騎士は命を失う。それは、虹の雨《プリズムフロウ》の降るこの地上に於いて、逃《のが》れられない運命のようなものだ。

カーリアス国王が生まれる前からもずっと繰り返されて来た世界の理だ。

今アールメンの街へ向け進攻中の虹の王《プリズマー》が氷漬《づ》けになる前の戦いでも、それは起こった。

一人の聖騎士が命を失い、そして天恵武姫《ハイラル・メナス》達もまた一つ心に傷を刻んでいた。

カーリアス国王自身にとっても、忘れ得ぬ出来事だった。

イングリスはその繰り返す悲しみの理を、打ち砕いてくれるかもしれない。

長い目で見れば——恐らく何も変わらないだろう。

人一人の寿命《じゅみょう》には限界があり、イングリス一人が世界の理を破壊《はかい》する程だとしても、彼女が天寿《てんじゅ》を全《まっと》うすればそれまでである。

天恵武姫《ハイラル・メナス》と聖騎士が不要、とはならないだろう。

ある危機を一度乗り越えるだけならば、それに見合う人間がいればよい。

だが何度も安定的にそれを為したいというならば、それを為し続けるための仕組みが必要だ。

仕組みに人を当て嵌《は》める形を取る事により、安定して同じ結果を期待できる。

天恵武姫《ハイラル・メナス》と聖騎士の存在が、まさにその仕組みの部分である。

だがそれでも――たった一度の例外でもいい。

見てみたいではないか。

人が自らの手で、世界の理を跳《は》ね返す所を。

その時はきっと、カーリアス国王も心から笑えるだろう。

「あと、イングリス殿が申されるには、人は反省をする生き物だと――反省は活《い》かさねばならないと仰《おっしゃ》っておられました」

「ふぅむ――？　北のアルカードで何かあったのか？」

「はあ、それが――」

と、レダスが述べた時――

「国王陛下！　レダス様っ！　空から船が近づいて参ります……！」

近衛騎士の一人が慌てた様子で謁見の間に入って来て報告をした。

「イングリスが参ったのであろうか――？」

「はて、目立つのは避《さ》けると仰られていたと思いますが……？」

イングリスを乗せているのは血鉄鎖旅団《けってつさ》の船である。

それが堂々と王宮に乗り付けるのは、問題があるだろう。

当然、それが分からないイングリスではない。

船は少し離《はな》れた位置で待ってもらい、王宮に寄ると言っていたはずなのだが――？

「とにかく、見て参ります……！」

レダスは謁見の間から出て空を見上げ、そして――

「何だ……!? 何処《どこ》の船だ、あれは……!?」

どこの国や騎士団の紋章《もんしょう》も無く、一見して何者かは分からなかった。

だが、ただ一つ言える事――それは、イングリス達を乗せた血鉄鎖旅団の戦艦ではないという事だ。

それは確実である。

「――直ちに迎撃態勢を取れッ！　あれは何者の乗っておる船か分からんぞ！」

レダスのよく通る声がその場に響き渡り、近衛騎士達は一斉《いっせい》に緊張感を高める。

近衛騎士団もかなりの数を北方の守りに割《さ》いたままでまだ戻らず、更《さら》に残りから兵力をアールメンに差し向けた状態であり、率直《そっちょく》に言って王都や王宮の守りは手薄《てうす》だ。

そこを狙《ねら》った何者かの襲撃《しゅうげき》である可能性は否定できない。

「「ははっ！」」

「迎撃準備――――ッ！」

「直ちに機甲鳥《フライギア》部隊による防衛線を張れッ！」

俄《にわ》かに王宮内が騒がしくなる。

「何者の船だ、あれは……！　イングリスを乗せたものではないのだな――!?」

「国王陛下……!?　お出ましになられては危険でございますぞ……！　あれはイングリス殿の乗る船とは、確実に異なるものでございます――！」

「となれば、虹の王《プリズマー》が動き出した混乱に乗じて、手薄となった王都とこの我を討ち取ろうという奇襲《きしゅう》作戦か……！」

「ですが、何者でございましょう……!?　血鉄鎖旅団の者どもは、今回は我らに協力をすると――」

ドドドドドドドドドドドッ！

戦艦から一斉に砲撃《ほうげき》が開始される。

それは王宮の各所に着弾《ちゃくだん》し、屋根が吹《ふ》き飛び壁《かべ》が崩れる。

「うおおぉぉぉぉおっ!?」

「あああぁぁぁぁあっ!?」

運悪く砲撃を浴びた騎士達からの悲鳴もあがる。

一瞬《いっしゅん》にして荘厳で静謐な王宮の雰囲気《ふんいき》が、戦場のそれへと変貌《へんぼう》していく。

「砲撃を止めろ――――ッ！　機甲鳥《フライギア》部隊は、敵船に取り付いて攪乱《かくらん》しろッ！」

レダスの指示が飛ぶ中――

バアァァァンッ！

敵船の外装の一部が、内側から弾《はじ》け飛んだ。

外部からの攻撃《こうげき》ではなく、意図的に余計なものを落とすといった動きだ。

そしてその中から現れたのは――

「……!?　ヴェネフィクの紋章!?　あれはヴェネフィク軍でございますぞ……っ!?」

「何と大胆《だいたん》な――！　ここまで侵入《しんにゅう》して来おったか……!?」

あの偽装《ぎそう》が功を奏したのだろう。

現在は虹の王《プリズマー》への対応のため、どこも緊急事態の混乱状態だ。

虹の王《プリズマー》の進路に近い街や村を守るために、血鉄鎖旅団が協力しているというのもカーリアス国王の耳に入っている。

そんな中、どこのものとも知れない戦艦が飛行していても、誰も構っている余裕《よゆう》がなかったのだろう。

多少疑念を持つ者がいても、血鉄鎖旅団の船だと言えば容易に偽《いつわ》れてしまう。

そういう状況なのだ。

そして今ここで偽装を排《はい》してヴェネフィク軍である事を大々的に晒《さら》すのは――

必ず勝つという確信があるという事だ。

と同時に、ヴェネフィク軍がカーラリアの王都を落としたという事を大々的に周囲に知らしめるためだろう。

「ハハハハハハハハハハハ――――ッ！」

ヴェネフィク軍船から機甲鳥《フライギア》の編隊が飛び出して来る。

その先頭に立つ騎士は、レダスにも負けないような大声で哄笑《こうしょう》していた。

「カーラリア国王、カーリアス国王陛下よッ！　お初にお目にかかる！　そして、お別れ申し上げる――ッ！　ヴェネフィク軍が一将、ロス・ロシュフォール！　あなたの首級を頂戴《ちょうだい》し、此度《こたび》の戦にて第一の勲功《くんこう》に預かるとしようッ！」

「ロシュフォール将軍……!?　ではあれが、我《わ》が軍との戦いに天恵武姫《ハイラル・メナス》を持ち出したというう――ではあれが、武器化した天恵武姫《ハイラル・メナス》……!?」

今その手に携《たずさ》えている、身《み》の丈程《たけほど》もある巨大《きょだい》な黄金の盾《たて》が、それだろう。

見るからに神々《こうごう》しい輝きを放っていた。

「うむ、間違《まちが》いなかろう……その天の恵《めぐ》みたる力を、こんな空き巣のような真似《まね》に使っておいて、よく言う！　物は言いようとはこの事よ……！」

それが聞こえたか、ロシュフォールは自分の頭をトントン、と指で突《つ》いて見せる。

「戦略戦略ゥ！　誰が何と言おうとこうする事が、我が守るべき者のためになるッ！　それ以外は糞食《ふんく》らえだ！　さぁ死ね！　今すぐ死ね！　死ね死ね死ねぇぇぇぇいっ！」

ロシュフォールは盾をカーリアス国王に向け、突撃《とつげき》の構えを見せる。

「集合！　陛下をお守りする壁を作れッ！　奴《やつ》を倒《たお》そうとする必要はないぞ……！　とにかく時間を稼《かせ》げばいい――！」

時間を稼げば、天恵武姫《ハイラル・メナス》を使うロシュフォールの方が力尽きる事が期待できる。

ロシュフォールは国境での聖騎士団《せいきしだん》との戦いでも、天恵武姫《ハイラル・メナス》を使っていたらしいという事は聞いている。

更にここで力を使えば、きっと長くは持たないはずだ。

「レダス、そなたは……？」

レダスが飛ばした指示の内容から、カーリアス国王は何かを察したようだ。

「申し訳ございませぬ、陛下――イングリス殿より話を伺《うかが》いまして……」

「――そのような事まで見抜《みぬ》くのか、あの娘は……本当に底知れんな――！　うむ、時間を稼げばイングリスも参ろう……！　とにかく、時を待つのだ――！」

「「「ははっ！」」」

カーリアス国王の命に、レダスや周囲の騎士達は強く頷く。

防御《ぼうぎょ》を固めるべく、密集陣形《じんけい》を取った所――

「ハハハハハ！　無駄《むだ》無駄《むだ》無駄《むだ》ああぁぁぁッ！」

機甲鳥《フライギア》から飛び出したロシュフォールは、盾が発する光を後方に噴射《ふんしゃ》させて空を飛び、そのまま立ち塞《ふさ》がる騎士達に突撃をする。

「「「ぐあああああぁぁぁぁっ!?」」」

いくつもの悲鳴が上がり、破壊された機甲鳥《フライギア》の機体の残骸《ざんがい》が降ってくる。

「ありがとうよ、皆で仲良く固まってくれてなぁぁぁっ！　むしろ手間が省けるわっ！」

「くっ……！　散開だ……！　散開しつつ遠巻きにして注意を逸らせ――！」

「それも無駄無駄無駄ああぁぁッ！」

ロシュフォールの盾に散りばめられた宝玉から光が迸《ほとばし》り、周囲を取り囲む兵を薙《な》ぎ払《はら》った。

「「「うおおぉぉぉぉぉっ!?」」」

再び上がる、いくつもの悲鳴。

カーリアス国王を守る騎士の数は、あっという間に半数以下になってしまっていた。

「はっはははは！　馬鹿《ばか》どもがぁーーーーーっ！　そんな事をしても無駄死《むだじ》になんだよ！　そもそも貴様ら雑兵《ぞうひょう》が、この真の姿となった天恵武姫《ハイラル・メナス》を止めようなどという発想自体が無謀《むぼう》！　暴挙！　不遜《ふそん》の極みぃぃぃぃぃっ！」

「くっ……！　図に乗って――！」

「だが、この力は圧倒的《あっとうてき》だ……！」

「本来は虹の王《プリズマー》に向けられるべき力……！　さすがは……！」

表情に危機感を露《あらわ》にする騎士達に、ロシュフォールはふと声色《こわいろ》を変えて呼びかける。

「――なぁオイ？　無駄死には止めておかないか？　武器を捨て、下がって大人しく見ているがいい。カーラリアは滅《ほろ》びるが、諸君らはヴェネフィクの騎士として今の立場をそのまま保障しようではないか。新たな領土を得たとて、それを治めるには人が必要だからなァ。なぁに諸君からしてみれば、頭がすげ替わるだけ。それほど変わらんよ？　どうだ、ん？　心あるものは武器を捨て、下がっているがいい。ホレ、誰も咎《とが》めんよ？　下がれ下がれ――」

ロシュフォールは手を振《ふ》って、騎士達に下がるように呼び掛ける。

そして暫《しばら》く、彼等に考える時間を与《あた》える構えだ。

「ば、馬鹿な事を――――！」

「ふざけるな……！」

「我々を愚弄《ぐろう》するのか……っ!?」

「愚弄などしておらんよ。むしろ諸君の力を必要としているから、無駄死にはせぬように
と言っている。あらたに我がヴェネフィクの領土となるこの地には、この地に慣れた諸君
らが必要なのだ」

「耳を貸すな！　虹の王《プリズマー》が甦《よみがえ》ったこの非常時に、民を守らず我らが王宮を強襲《きようしゆう》するような
輩《やから》だぞ――――！　それが民の上に立った所で……！」

そう大声を上げるレダスを、カーリアス国王が制する。

「よい、レダス……！　下がっておれ。皆の者も同じだ、下がって見ていよ」

「陛下……!?　何と言われます……!?」

「いいから言う通りにせよ――――！」

「「……っ!?」」

その迫力《はくりよく》に圧《お》され、騎士達は、二歩、三歩と後ずさりをする。

「あの者の申す通り、このままでは無駄死によ――流石は究極の魔印武具《アーティファクト》の威力《いりよく》と言えよ

う」

カーリアス国王は反対に、一歩二歩とロシュフォールに向かって歩を進める。

その手は腰《こし》の佩剣《はいけん》に伸《の》びている。

「それに――奴の言う事に従う者が出れば、たとえその後を無事に乗り切ったとしても、その者を罰《ばっ》せぬわけにはいかぬ――他《ほか》の者に示しがつかぬ。だが我は、そのような事はしとうない――故《ゆえ》に、そなたらは下がっておれ」

全員下がってしまえば、誰がロシュフォールの言葉に従おうとしていたかは分からない。

今のこの場は、それでいい――

「へ、陛下……！」

「少しの間であれば――我が自ら稼いでみせようぞ……！」

武器形態化した天恵武姫《ハイラル・メナス》を振るい続けていれば、使い手は長くは持たない。

そしてイングリスも、こちらに向かっている。

二重の意味で、時間を稼ぎさえすればいいのだ。

カーリアス国王は佩剣を抜刀《ばっとう》する。

蒼《あお》い宝石のような半透明《はんとうめい》の刃《やいば》は淡《あわ》く発光し、柄の部分には伝説の生き物と言われる竜の意匠《いしょう》――

聖騎士ラファエルに与えられた神竜の牙《ドラゴン・ファング》と双璧《そうへき》を成す魔印武具《アーティファクト》、神竜の爪《ドラゴン・クロウ》だ。

「それは聖騎士ラファエル殿の持つ魔印武具《アーティファクト》に似た……その右手に頂く特級印は飾《かざ》りではないという事ですかな？」

「――このカーリアス、天に歯向かう刃は持っておらぬが、自らを護《まも》る爪は持ち合わせておる……！　この大将首は、そう易々《やすやす》とくれてやるわけには行かぬ……！」

「ほぉう――？　気迫《きはく》だけは大したもの……ではそのお力を拝見させて頂こうッ！」

ロシュフォールは盾を前面に構え、真っすぐにカーリアス国王目掛《めが》けて突撃する。

単純で直線的な攻撃だが、その速度は目にも留《と》まらぬほど早い――！

「かあああぁぁぁぁぁぁっ！」

カーリアス国王が気迫を発し、その身が輝《かがや》きに包まれる。

直後、ロシュフォールの突撃がカーリアス国王の立っていた地面を撃《う》つ。

ドゴオオオオォォォォンッ！

周囲の地面が吹き飛び、盛大な土埃《つちぼこり》が周囲の者達の視界を奪う。

「な、何という威力だ……!?」

「こ、こんなものまともに受けては……っ！」

「陛下――！　国王陛下――――っ!?」

騎士達の悲鳴に、ロシュフォールはにやりと笑《え》みを見せる。

「おやおや――？　一撃《いちげき》で粉々におなりになられてしまいましたかねえ？　何ともおいたわしい――」

そのロシュフォールを目掛けて、蒼い閃《ひらめ》きが降り注ぐ。

「何を余所見《よそみ》をしておるかッ！」

「……ぬうぅっ!?」

ガキイイイイィインッ！

頭上からの一撃に反応したロシュフォールの盾が、大きな衝突音《しょうとつおん》を立てる。

蒼い鎧《よろい》と翼《つばさ》を身に纏《まと》ったカーリアス国王が、ロシュフォールの攻撃を空に飛んで回避《かいひ》し、土埃に紛《まぎ》れて斬《き》り付けたのだ。

「ほぉう――？　それもまた、聖騎士ラファエル殿と同じ魔印武具《アーティファクト》の覚醒《かくせい》――どうやら我が国《くに》の後方で偉《えら》そうにふんぞり返っているだけの皇族共とは違うようですな――」

「……変わらんよ。今も虹の王《プリズマー》との戦いを未来ある若人《わこうど》に任せ、自分はこの王都で安穏《あんのん》としておった。この特級印はずっと夜泣きをしておる――お前の元では輝けぬ、本来の使命を果たせぬとな……！」


いくら特級印を持つとはいえ、カーリアスは国王である。

その役割を放棄《ほうき》して天恵武姫《ハイラル・メナス》を手に取って戦い、命を散らすわけには行かなかった。

アールメンに安置されていた氷漬けの虹の王《プリズマー》が、氷漬けになった戦いの際もそうだった。

自らの置かれた立場を全うするには――

その力と関《かか》わらず、天恵武姫《ハイラル・メナス》を手に取って戦う役目を負うわけには行かなかった。

自らが守りたかった大切な者や、己《おのれ》より若い未来ある若者に任せる他は無かったのだ。

「ならばお喜びになるがいい――――！　今日でその特級印の夜泣きも終わる！　何故《なぜ》なら宿主がお亡《な》くなりになられるのだからなァ！」

ロシュフォールが地を強く蹴《け》り猛然《もうぜん》と飛び立つ。

その勢いに圧されたカーリアス国王の体も巻き込《こ》まれ、吹き飛ばされて行く。

このまま城壁《じょうへき》や、地面に叩《たた》きつけられては痛手は避けられない。

「ぬうううぅぅうっ⁉」

身を捻《ひね》りながらロシュフォールの突進《とっしん》の勢いを脱《だっ》し、輝く蒼い翼の力で垂直に飛び上がる。

「遅《おそ》いッ！」

その軌道《きどう》に先回りするように、ロシュフォールの盾の宝玉から光線が迸る。

幾《いく》条もの光が高速で飛び上がるカーリアス国王の身を掠《かす》めた。

「むうぅっ⁉」

真上への直線軌道を転換《てんかん》し、左に急旋回《きゅうせんかい》。

しかしその軌道にもすかさず光線が差し込まれた。

「っ……⁉　これならば――――！」

細かく方向転換を挟《はさ》んだ、高速かつ複雑な飛行軌道。

常人ならば目が追い付かない程《ほど》の速度でカーリアス国王は飛び回り始める。

「甘《あま》い甘い甘あああああぁぁぁぁいッ！」

しかしその行く先々に、的確にロシュフォールの盾の光が追いかけて行く。

少しずつ身を掠めるような攻撃を何度も受け、神竜の爪《ドラゴン・クロウ》の蒼い鎧が段々と損傷して行く。

「くっ……！　神竜の爪《ドラゴン・クロウ》を以《もっ》てしても逃《に》げる事さえ叶《かな》わんか……っ！　何という――――！」

「意気込《いきご》んだ所で――――所詮《しょせん》は前線から遠ざかって久しい年寄りの冷や水ッ！　同等の力の魔印武具《アーティファクト》ならば聖騎士ラファエルの方が遥《はる》かにマシッ！　久々の実戦に興奮し、最初に斬りかかってきた所から間違いなのだよ！　あそこで土煙《つちけむり》に乗じて逃げを打つべきだったな

ァ！　騎士ラファエルはそうしていたよ！　己の力と相手の力とを正しく見切った選択《せんたく》だ
……！」

「年寄りの冷や水――確かにその通りかもしれんな……！」

自身が全盛期の自分に及《およ》ばず、実戦の感も鈍《にぶ》らせているのは事実。

それはいいが――このロシュフォールという男の意気軒昂《いきけんこう》ぶりはどういうわけだろう。

国境での聖騎士団との戦いでも、そして今この場でも、こうも遠慮《えんりょ》なしに天恵武姫《ハイラル・メナス》の力を振るい、まるで変わった様子も見せない。

もうとっくに、命が燃《も》え尽《つ》きていても不思議ではないのに――

「さあさあさぁ！　早く逃げねば直撃《ちょくげき》を受けてしまいますぞおぉぉぉッ⁉」

「いかんっ……！　これでは――！」

自分がここで倒れてしまえば、例えその後ロシュフォールを退ける事に成功し、虹の王《プリズマー》の迎撃《げいげき》にも成功したとしても――

「うおおおぉぉぉぉーーーーっ！　陛下あぁぁぁぁぁっ！」

雄叫《おたけ》びを上げ、ロシュフォールに向けて突進する者がいる。

剣を構えて、体ごとぶつかって行こうとするのは――レダスである。

バギイイイィンッ！

しかしその剣はロシュフォールの背に触《ふ》れると、何か強大な壁にぶつかったかのように、甲高《かんだか》い音を立てて砕け散った。

「……何かしたかァ？」

そちらを振り向き、にやりと笑うロシュフォール。

「……！　ならば——っ！」

折れた剣を投げ捨て、ロシュフォールに組み付こうとするレダス。

なりふり構わず、とにかく少しでも時間を稼ごうという行動だ。

「ふん、気色悪い。男に抱《だ》き着かれて喜ぶ趣味《しゅみ》は無いのでな——」

裏拳《うらけん》を一閃《いっせん》。

それがレダスの顔面を打ち、体が大きく弾き飛ばされる。

——しかしレダスはすぐさま身を起こすと、折れた鼻から血を流しつつ、再びロシュフォールに組み付こうと迫《せま》る。

「レダス！　止《よ》せ、下がっておれ——！」

「いいえ、やはり陛下を盾に我々が黙《だま》って見ているなど出来ませぬ……！　うおおおおおぉぉぉぉっ！」

「そ、そうだ──なぜ我々は黙って見て……！」

「続け！　レダス団長に続けーーーーっ！」

「とにかく時間を稼ぐのだ……！　じきにイングリス殿が来て下さる──！」

何十人もの騎士が、一斉にロシュフォールに組み付こうと群がって行く。

「鬱陶《うっとう》しいわあああぁぁぁぁっ！」

ロシュフォールは盾を大きく一振《ひとふ》りし、群がって来た騎士達を一撃で弾き飛ばす。

騎士達は全員城壁側に吹き飛ばされ、背をぶつけて蹲《うずくま》る。

「よかろう。邪魔《じゃま》をするというのならば、諸君らから消えて頂くとしようか──！」

盾の宝玉が、光線を発射するべく光を帯びた。

ロシュフォールはそれを壁際《かべぎわ》のレダス達《たち》に向ける。

「そうは──させぬっ！」

それを食い止めようと、カーリアス国王はロシュフォールに突進して刃を繰《く》り出す。

しかしその動きは、ロシュフォールに見切られていた。

その刃は空を切り、逆にロシュフォールがカーリアス国王の背後に回り込んでいた。

「芸が無いのだよ──！　先程《さきほど》教えて進ぜたはずだ！　隙《すき》を見て逃げを打つのが上策だと

なァ！」

ドゴオオォォッ！

黄金の盾をカーリアス国王に叩きつけると、その体は一筋の矢のように猛然と城壁に突進。空中で姿勢を制御《せいぎょ》する間も無く、叩きつけられてしまう。

「「陛下……っ⁉」」

「ぐぅぅう——昔取った杵柄《きねづか》……というには余りにも、老い過ぎておったか——」

額から血を流しながら、カーリアス国王は大の字に寝転《ねころ》がる。

全身に走る激痛と痺《しび》れで、すぐに起き上がる事は叶いそうにない。

「美しい主従愛と言っても良いが、それが命取りとなりましたなあ……！　非力非力非力いぃぃぃぃいっ！　所詮竜《しょせんりゅう》の牙も爪も、この天恵武姫《ハイラル・メナス》の前では無意味なのだよ……！　さあ、仲良く黄泉路《よみじ》に旅立つが良い——っ！」

「ふっ……くく——」

仰向《あおむ》けに寝転がったままのカーリアス国王が、唐突《とうとつ》に笑いを漏《も》らす。

「？　何が可笑——？」

そのロシュフォールの頭上に、巨大な影《かげ》がふと過《よぎ》った。

「では、竜《りゅう》の尾《お》では如何《いかが》でしょうか――？」

「⁉」

咄嗟《とっさ》に上を見たロシュフォールの視界に入ったのは――身の丈《たけ》の数十倍もある巨大な何かの尻尾《しっぽ》が、自分に向かって振り下ろされているという理解しがたい光景だった。

その巨大な尾を振りかぶっているのは銀髪《ぎんぱつ》の少女で、背中に黒髪《くろかみ》の少女がしがみ付いて悲鳴を上げているのが見えた。

「何いいいいいぃぃぃぃぃぃぃっ⁉」

「きゃあああぁぁぁぁぁぁぁぁっ⁉」

ロシュフォールの驚愕《きょうがく》と、黒髪の少女の悲鳴が重なり――

ドゴオオオオオオオオオオオォォォォンッ！

耳を劈《つんざ》く轟音《ごうおん》が鳴り響《ひび》き、巨大な地震《じしん》のような震動が城全体を揺《ゆ》るがす。

ロシュフォールの姿は、イングリスが上空の血鉄鎖旅団の船から飛び降りざまに振り下ろした神竜フフェイルベインの尾の下敷《したじ》きとなって消え――

「お待たせしました――ごきげんよう」

　イングリスは何事も無かったかのように、微笑《びしょう》をたたえて皆に向けてぺこりと一礼をする。

「ラニ、大丈夫《だいじょうぶ》だった？」

「大丈夫じゃない！　すっごい怖《こわ》かったわよ！　あんな所から飛び降りるんだから！」

　ラフィニアは上空に浮《う》かぶ血鉄鎖旅団の船を指差す。

「いや、だって急いでたし――積み荷を降ろすついでに丁度良かったでしょ？」

　そんなイングリス達を見て、カーリアス国王が笑いを漏らしていた。

「くくっ……相変わらず底の知れん娘《むすめ》だ――いつも現れては我の度肝《どぎも》を抜《ぬ》きおる……！」

「国王陛下――お体は大丈夫ですか？　いい魔印武具《アーティファクト》ですね、今度是非《ぜひ》手合わせを――」

「もークリス！　国王陛下は怪我《けが》してるのに何言ってるのよ……！」

「ふ、我でそなたの相手になるならば――な……」

「い、いかん――陛下はかなりの深手だ……！　ラフィニア君！　早く治療《ちりょう》を頼む！」

　レダスが深刻な表情で、ラフィニアに救いを求める。

「はい、分かりました……！　でも、前の時は腕《うで》だったから命に別状は無かったけど、今度は……！」

全身を、特に頭部に強く衝撃《しょうげき》を受けた事による大怪我《おおけが》だ。

助けられるかどうか――自信は無い。

「大丈夫だよ、ラニ。耳を貸して？　あのね――？」

イングリスはラフィニアに耳打ちをする。

「……ん？　そ、そうなんだ――うん、分かったわ！」

話を聞かされたラフィニアはすぐに、カーリアス国王の方に向かって治療を開始する。

そちらは任せておいて大丈夫――

イングリスは神竜の尾の方に目を向ける。

「イ、イングリス殿――や、奴は今の一撃で仕留めたのでありましょうか――？」

そのレダスの問いに、イングリスは静かに首を振る。

「いいえ？　まさか――これで倒れるような相手でしたら、こんな真似はしませんよ？

不意打ちで倒すなんてとんでもない、勿体《もったい》ないですから」

せっかくの戦いが不意打ちで終わってしまえば、相手の実力を見せて貰《もら》い、それを堪能《たんのう》

する機会も失われる。

相手の強みを受け止めて、その上でそれを上回って勝つのがイングリス・ユークスの戦い方だ。それが最も自分が成長する方法である。

どんな時でもそれは変わらない。変えない――

「今のは積み荷を降ろしがてらご挨拶《あいさつ》させて頂いただけです。必ず、こちらの方は無事なはず――」

「当たり前だあああぁぁぁぁぁアアアッ！」

神竜の尾を撥《は》ね除《の》けて、下からロシュフォールが姿を現す。

体中泥塗《どろまみ》れだが、特に大きな痛手を負った様子は無かった。

「ほら、お元気そうでしょう？」

「は、はあ……？　それは喜んでいいのやら悪いのやら――」

「いいんですよ。天恵武姫《ハイラル・メナス》を振るう聖騎士《せいきし》を倒せなければ、虹の王《プリズマー》もまた倒せない――この剣の試《ため》し斬《ぎ》りの相手としては申し分ありませんね……ふふふ――」

イングリスは神竜フフェイルベインの鱗《うろこ》で鍛《きた》えた剣に視線を落とす。

身の丈を超《こ》える程に長大な剛剣《ごうけん》だ。その刀身の腹を嬉《うれ》しそうに笑顔《えがお》で撫《な》でる。

これを作ってから暫く経《た》つが、ようやく出来を確かめる時が来た。

これが喜ばずにいられるだろうか――！

「ククク――この武器化した天恵武姫《ハイラル・メナス》を目《ま》の当たりにして笑顔とは……余《よ》程《ほど》の馬鹿か、狂《きょう》人《じん》か――ところで君は何者かな？　お美しいお嬢《じょう》さん？」

「申《もう》し遅《おく》れました。わたしはイングリス・ユークス――臨時緊急名誉《きんきゅうめいよ》近衛騎士団長代行……に就任予定の、騎士アカデミー従騎士科の学生です」

イングリスはロシュフォールに向け、丁寧《ていねい》にぺこりと一礼する。

「従騎士――？」

「はい。見ての通りですので」

と、イングリスは何の魔印《ルーン》も刻まれていない右手の甲《こう》を見せる。

「無印者だと――？　いや、そんな事はどうでもいいな。君がそんな可憐《かれん》ななりをして、あんな巨大な生モノで空から人を殴打《おうだ》してくれた事は事実――正直驚《おどろ》かされたよ。私はロス・ロシュフォール――我がヴェネフィクの国にて、天恵武姫《ハイラル・メナス》を預かりし騎士だ。どうぞお見知りおきを」

ロシュフォールもイングリスに負けじと、恭《うやうや》しく一礼をしてみせる。

「ご丁寧にどうも――そしてまさか、こんな所で武器化した天恵武姫《ハイラル・メナス》と戦えるとは――その事にもお礼を言います」

「ほう？　礼を言われるなど初めてだな。天恵武姫《ハイラル・メナス》の真の力を人同士の戦いに持ち込むなど言語道断だと、君の国の人々は言ったがね？　そこにおわすカーリアス国王も、聖騎士も、天恵武姫《ハイラル・メナス》達もな――仮にも臨時緊急名誉近衛騎士団長代行殿がそれでいいのかね？」

わざわざイングリスが用意した長い肩書《かたがき》を使って問い返して来る。中々面白《おもしろ》い男だ。

「わたしは非常勤ですので。その任務はカーラリアに仇《あだ》なす強敵を制圧する事――自分に働き所を与えて頂いた事に感謝をするのは、それほどおかしい事でもないでしょう？　あなたがもし甦った虹の王《プリズマー》と戦い、見事にその本来の使命を果たしたとなれば――わたしは誰《だれ》とも戦う事が出来なかったでしょう。それがあなたの行動のおかげで、わたしはあなたとも、虹の王《プリズマー》とも戦う機会を得られましたから。人々を守護する剣も、働き所無くば夜泣きをするしかない――という事です」

「人々を守護する剣――ねェ。そう言いつつも、君のその嬉しそうな目の輝きと口の締《し》まりの無さは何かな？　私には君が己の享楽《きょうらく》のために私と戦おうとしているようにしか見えぬのだがなァ？」

「ふふふ――否定はできませんね……」

「素直《すなお》なのはいいけど、ちょっとは否定してよね……いつも恥《は》ずかしいんだから――」

カーリアス国王の治療に当たっているラフィニアがため息をついていた。

「……ゴホン。世のため人のため、このわたしがあなたを倒します――！　悪《あ》しき隣国《りんごく》の騎士よ、正義の刃を受けなさい！」

イングリスはきりっと眉《まゆ》を引き締め、ラフィニアの言う通りにして見た。

「うっわ……すっごい白々しい――」

ラフィニアは小さくため息をつく。

言っている事は正しいような気もするが、イングリスらしくなさ過ぎて寒気がした。

「――ですができれば何度でも戦いたいので、程よい感じで逃げて頂いてまた襲《おそ》って頂けると助かります！」

「……その方がクリスらしいけど滅茶苦茶《めちゃくちゃ》ね――もういいから、さっさとやっちゃって！　この後急いでラファ兄様の所に行かなきゃいけないんだから――！」

「うん、分かった。ラニ――！」

イングリスは改めてロシュフォールに向き直る。

「というわけで――わたしにもあなたにも時間は無いようですので、早速《さっそく》手合わせをお願いしますね？」

こちらに向かう間、血鉄鎖旅団《けってつさ》の方で把握《はあく》している虹の王《プリズマー》に関する情報は逐次《ちくじ》耳に入れて貰っていたが、現在の虹の王《プリズマー》の位置はアールメンまであと数日といった所だそうだ。

アールメンへの移動と到着《とうちゃく》後の準備を考えると、ここで費やせる時間は一日程度か。あまり時間は無い。

本来ならばこのような強敵とは何日でも何回でも戦いたい所ではあるのだが、それが叶わないのであれば、この短い一戦を濃密《のうみつ》に楽しませて頂きたい所だ。

イングリスが淑《しと》やかな微笑《ほほえ》みを浮かべて呼びかけると、ロシュフォールも面白そうに、にやりと笑みを見せる。

「何がというわけでかは知らぬが、どうやら同じ騎士の道を踏《ふ》み外《はず》した外法《げほう》者同士――ここで潰《つぶ》し合えとの神の思《おぼ》し召《め》しかも知れぬな……！」

「いいえ、わたしは道を踏み外してなどいませんよ。元々踏み外すような道は持っていませんから――ね？　それに、神はそんな事は言いません。好きなように生きてよいと――懐《ふところ》の深いお方ですから」

「はっはは！　ではそちらが上手というわけだ――！」

「そう言うあなたは――自分の行いが天恵武姫《ハイラル・メナス》を預かる騎士の道に反すると自覚されているご様子ですね？　それでも成《な》し遂《と》げたい何かのために、残り少ない命を懸けておられる――と。意外と良い人のようですね？」

「こんな悪党を捕《つか》まえて、止めて頂こうか――気色が悪いのでなぁ！　くくく――罰だぁア！　全力で行かせて貰うぞォ！　その美しい顔が歪《ゆが》んで、男を誑《たぶら》かせぬようになっても勘弁《かんべん》してくれよ――！」

「ええどうぞ――！　元々そんなつもりはありませんので、一切《いっさい》の遠慮や手加減は不要でとは言え鏡に映る自分の姿は自分で楽しむので、顔を傷つけられるつもりもないが。

「では、お言葉に甘えてぇぇエッ！」

す……！」

ヒイイィンッ！

ロシュフォールの盾に鏤《ちりば》められた宝玉の一つから、神々しく煌《きら》めく光が迸る。

「おぉ――――!?」

思わず感嘆《かんたん》の声が口から洩《も》れる。これは、単なる魔術光《まじゅつ》ではない――――！

元々のロシュフォールの魔素《マナ》を、天恵武姫《ハイラル・メナス》が昇華《しょうか》して全くの別物の力と化しているのだ。

別物への昇華と一口に言うが、つまりは魔素《マナ》の非効率性が天恵武姫《ハイラル・メナス》の働きによって、ほぼ完全に排除《はいじょ》されているように見えるのだ。

魔素《マナ》というのは、霊素《エーテル》に比べて無駄《むだ》の多い力だ。

魔術の素になる力ではあるが、一〇の魔素《マナ》のうち実際に魔術的《まじゅってき》現象に繋《つな》がるのはせいぜい二、三程度で、残りは霧散《むさん》して消えている。

天上人《ハイランダー》のイーベルが使っていた魔素精練《マナ・リファイン》なる技術はそれを五、六程度まで高める効果を生んでいたと言えるだろうが――

今のロシュフォールの場合、一〇の魔素《マナ》が一〇――いやそれ以上の威力に繋がっている。

無駄だった七、八割の力を、天恵武姫《ハイラル・メナス》の作用が有効なものに転化させているのだ。

この力の効率――出力は、最早《もはや》霊素《エーテル》に相当すると言ってもいいだろう。

では霊素《エーテル》なのかと言えば、それも違《ちが》うが――

霊素《エーテル》は万物《ばんぶつ》の根源たる神の気――イングリスは主に戦技に使っているが、本来は用途《ようと》を限定しない万能《ばんのう》の力だ。

対してこのロシュフォールの力は、天恵武姫《ハイラル・メナス》を通した戦技にのみ利用される力だ。霊素《エーテル》本来の万能性《ばんのうせい》は失われている。

霊素《エーテル》とは似て非なる何か――疑似霊素《ダスティ・エーテル》とでも言った所か。

これはつまり一言で言うと――

「なるほど――面白いですね！」

力の質を確かめながらも、体は反応している。

「はぁっ！」

光の迫ってくる軌道に、竜鱗《りゅうりん》の剣の刀身を繰り出す。

ガイイィンッ！

剣は光を弾《はじ》き、軌道を逸《そ》らす事には成功した。

が――強烈《きょうれつ》な威力はイングリスの姿勢を圧し、大きく後ろに仰《の》け反《ぞ》らせる。

「おお……!?」

イングリスの腕に、強烈な痺れが残る。

目測を逸れて飛んで行った光は城壁に激突《げきとつ》し――

ドガアアアァァァンッ！

一撃で城壁を崩壊《ほうかい》させ、巨大《きょだい》な裂《さ》け目《め》を残してみせる。

「素晴《すば》らしい威力です――！」

流石《さすが》は究極の魔印武具《アーティファクト》の威力。半端《はんぱ》なものではない。

「余裕《よゆう》ぶっている場合かなァ!?」

ヒイイィンッ！　ヒイイィンッ！

イングリスの胸元《むなもと》を狙《ねら》って、追撃《ついげき》の二射が迫る。

大きく姿勢を崩《くず》されたこの体勢から、先程と同じように迎撃する事は難しい。

そもそも、十分な姿勢から受けたにも関わらずあれだけ剣を弾かれたのだ。

ここは、別の対応を取る必要がある――

「はあぁぁぁっ！」

イングリスは後ろに仰け反った勢いをそのままに、後方に宙返りをしつつ迫って来る光線を蹴り上げる。


ドガッ！　ドゴオオォォォォッ！


がくんと綺麗《きれい》に角度を変えて、閃光《せんこう》は真上に昇《のぼ》って空に消えて行く。

「何っ――!?　剣で弾き損《そこ》ねていたものを――っ!?」

実は、それほど難しい話でもない。

最初の一撃は、普段《ふだん》から修行《しゆぎよう》のために自らに施《ほどこ》している超《ちようじゆうりよく》重力の魔術の負荷《ふか》を解いただけの状態だった。

それで剣が圧されてしまったため、霊素殻《エーテルシエル》を発動して盾《たて》の閃光を蹴り上げたまでだ。

出来れば霊素殻《エーテルシエル》を使わずにもっと挑戦《ちょうせん》してみたかったが――

弾《はじ》き損ねた閃光の威力は見ての通りで、余り長く粘《ねば》っていると城が無くなってしまいかねない。下手をすればラフィニアを巻き込む恐《おそ》れもあり、そこは諦《あきら》めざるを得なかった。

とは言え蹴りで弾いた追撃も、微妙《びみょう》に弾き返す狙いは外れているし足に少々の痺れも残っている。まだまだこの先も楽しめそうだ――

「次は、剣でも弾いてみせます――もう一度お願いします……！」

イングリスは再び竜鱗の剣を構える。

先程盾《さきほどたて》の閃光を正面から受けて弾いたのに、その刀身には微塵《みじん》の綻《ほころ》びも見られない。

あの光は単なる魔素《マナ》の閃光ではなく、疑似霊素《ダスティ・エーテル》による霊素《エーテル》の戦技に近い水準のもの。

言わば霊素穿《エーテルピアス》や霊素弾《エーテルストライク》に近い技だ。

それを受けて、刀身に傷一つ無いという事は――

霊素殻《エーテルシエル》を発動した全力にも、耐《た》えてくれる可能性がある……！

「ならばお望み通りにっ！　サービスもつけてなァ！　礼はいらんぞおォォッ！」

ロシュフォールが構える盾には、六つ程の宝玉が散りばめられている。

その全《すべ》てが輝きを増し――先程の光線を生み出した。

一つ一つの宝玉を砲門《ほうもん》と見立てるならば、その全てを動員した一斉射《いっせいしゃ》だ。

六筋の光がイングリスの頭、胸、右肩《みぎかた》、左肩《ひだりかた》、右脚《みぎあし》、左脚《ひだりあし》をそれぞれ撃ち抜くように微妙に角度を変え、高速で押《お》し寄せて来る。

「いいえ言わせて下さい――ありがとうございます！」

あの威力の光線を六連射――

これほどの攻撃《こうげき》、なかなか受けさせて貰えるものではない。

避《さ》けるのは勿体ない。真正面からこの威力を堪能させて貰う！

「はあぁあぁぁぁっ！」

イングリスは向かい来る六連射に踏み込み、右から逆袈裟に剣を振《ふ》り上げる。


ガインッ！　ガインッ！　ガイイィインッ！


右脚、胸、左肩を狙った閃光が斬撃に弾かれ、空に撃ち返される。

――が、残りの半数はイングリスのすぐ目前に迫っている。

長大なこの竜鱗の剣を再び振り抜いて弾くには、いくら霊素殻《エーテルシエル》の状態だからとは言え、間に合わない。

「無駄だなァ!?」

ロシュフォールがニヤリとした瞬間《しゅんかん》――

「そうでも……！」

イングリスは逆袈裟に剣を振り上げた勢いを利用し、後方に宙返りをする。

その跳躍《ちょうやく》の速度と距離《きょり》により、光線との間合いが少しだけ開く。

だがその少し、一拍《いっぱく》は――再び斬撃を繰り出すのに十分な時間だ！

「ありま……！」


ガインッ！　ガイイィィンッ！


今度は左から逆袈裟の斬り上げが、左脚、右肩に向かう閃光を弾き返す。

同時に再びイングリスは勢いを利用して後方に宙返り。

着地をすると――最後の頭に飛んでくる閃光に真っ向から突《つ》きを打ち込む。

「せんよっ！」


ガイイイイィィィィィインッ！

最後の光も一番大きな音を立て、空へ向かって飛んで行く。

「ほぉぉぉう――素晴らしいなあぁァッ!?　まるで君とその剛剣がダンスを踊《おど》っているようだよ。何とも可憐な――」

ドガアアアアアアアアアアアアアァァァァンッ！

ロシュフォールの背後の方向から、巨大な爆音《ばくおん》と閃光が轟《とどろ》く。

「何――ッ!?　何の騒《さわ》ぎだ――ッ!?」

振り向くロシュフォールの目に入ったのは、部隊の母《ぼ》艦《かん》であるヴェネフィク軍の船が、機関部を炎上《えんじょう》させている姿だった。

イングリスが打ち返した閃光が、飛空戦艦《せんかん》の機関部に着弾《ちゃくだん》したのである。

制御不能となった戦艦は、ボルト湖から引いた大きな水路に不時着して行く。

あの様子なら、爆発《ばくはつ》四散するような事は無い――と思いたい。

「おおおおおおぉぉぉっ!?　あ、あんな所を狙っていたとは――!?」

「す、凄《すご》い……！　前も見たが、やはりこの娘は桁《けた》が違う……っ！」

「さ、流石ですぞイングリス殿ーーっ！　正直動きは早過ぎて見えませんでしたが、その強さ！　お美しさ！　見ていて震《ふる》えが止まりませんッ！」

レダスが上げた歓声《かんせい》に、周りの騎士達《きしたち》もうんうんと強く頷《うなず》いていた。

「ははは……近衛騎士団《きしだん》の人達って、みんなクリスの事好きよね——」

その熱量に、カーリアス国王を治療中のラフィニアも圧されている。

「…………」

強さはともかく、美しさは見えないと分からない気がするのだが——？

まあそれを言っている場合でもない。

イングリスはコホンと一つ咳払《せきばら》いをし、にこやかにロシュフォールに呼びかける。

「凄い威力《いりょく》ですね？　たったあれだけであの巨大な船を沈《しず》めるとは」

「機関部だけを狙って、弾き返したのか……ッ!?」

「本当はもう少しかすめる程度にして、鹵獲をしたかったですが——少々目測を誤りました。あれでは修理可能かは怪《あや》しい所ですね、わたしもまだまだです」

流石にロシュフォールの放った盾の閃光の威力は凄《すさ》まじく、完全に思い通りにはならなかったのだ。

それでも、蹴りで弾くよりは威力に負けず、正確に狙う事が出来たが。

「ふふふ――使い手がこれでは、せっかくの武器に申し訳が立たないですね。ふふふ……っ」

イングリスは嬉しそうな笑《え》みを浮かべて、剣《けん》の刀身を撫でる。

このイングリス・ユークスとして第二の人生を歩み始めて、一度も口にした事のない台詞《せりふ》である。一度は言ってみたかったのだ。

これまで霊素殻《エーテルシエル》を身に纏《まと》った全力の戦いでは、イングリスが手にした武器は全て霊素《エーテル》の負荷に耐えられずに破壊《はかい》されて来たのだが――

この神竜フフェイルベインの鱗から作った剣からは、その様子は感じられない。

イングリスの全力に追従してくれるのだ。

先程言った通り、使い手の自力がもっとあれば、完全に盾の閃光を狙い通り打ち返す事も出来ただろう。

これは大きい。イングリスの総合的な戦闘力《せんとうりょく》は大幅《おおはば》に跳《は》ね上がっただろう。

何せ、それまで素手《すで》だった者が武器を得たのである。

「何が嬉しいかは知らんが――これで我々の退路は断《た》たれたという事だなァ……！」

「――元々そのような事は考えておられなかったのでは？」

「無論だなァ……！　頭の捻子《ねじ》が外れておらねばこんな作戦は出来んよ――！」

「わたしとしては、力のある者が生き急ぐような真似《まね》をなさるのは勿体ないと思いますが――あなたの場合は、仕方がないのかも知れませんね？」

「……!?　君は何者かなァ？　もしや天上領《ハイランド》の新型の天恵武姫《ハイラル・メナス》か、血鉄鎖旅団とやらの秘密兵器か――」

「どちらも違いますよ。ただの従騎士科の学生です――臨時緊急名誉近衛騎士団長代行を拝命する予定ですが」

「ククッ。決死の者を茶化《ちゃか》してくれるか、人が悪い――！　が、美女に邪険《じゃけん》にされるのも悪くはないぞおォ？」

「変わったご趣味をされていますね……？」

「いずれにせよ無駄死《むだじ》にはせんよッ！　この世界に爪痕《つめあと》を残させてもらうッ！」

「はい。そうお祈《いの》りしています――」

「はっはは！　可愛《かわい》いが、可愛くない子だ――！」

ロシュフォールの盾の宝玉が、眩《まばゆ》く輝《かがや》く。

先程の光線を放出する時よりも、より強く激しく――

それが盾全体を包み、更《さら》にはロシュフォールの体を覆《おお》うように浸透《しんとう》して行く。

ヒイイイイイイイイインッ！

甲高く響くその音は、まるでロシュフォールの全身が喜びの声を上げているようだ。

同時に彼《かれ》の立っている場所を中心に地面が振動し、更には強烈な圧力に耐えられずに崩れ、大きな穴を穿《うが》っていく。

――先程《ほど》までの攻撃はまだまだ搦手《からめて》、という事だ。

どれ程の威力の攻撃が繰り出されるか――これは楽しみにせざるを得ない。

そしてそれを受けた竜鱗の剣はどこまでの強度を見せてくれるのか――これも楽しみだ。

未知の強敵と新しい武器――これ程心の踊る戦いもそうそう無いだろう。

「さぁ泣かせてやる、泣かせてやるぞおおぉぉォッ！」

「はい、楽しみです！　お願いします――！」

イングリスは目を輝かせ笑みを浮かべ、剣を構えてロシュフォールに応じる。

「おらあああぁァァァァァッ！」

ドガアァァァンッ！

爆発したような衝撃音《しょうげきおん》と巻き上がる土柱は、単に彼が地を蹴《け》っただけで起きたもの。

自分自身の事を省《かえり》みると、イングリスが全力で霊素《エーテル》の戦技を使う時も、これに似たような現象が起きていた。

つまりこれは——相手にとって不足は無いという事。

そしてその猛烈《もうれつ》な勢いが、地面を抉《えぐ》り轍《てつ》を残しながら、イングリスに対して一直線に肉薄してくる——真っ向勝負だという事だ！

「では、こちらも！　はあああぁぁぁぁぁっ！」

ドガアァァアンッ！

同じく地を蹴ったイングリスも、ロシュフォールに向けて突撃《とつげき》する。

「!?　消えた——!?」

「み、見えん……！　全く見えん……！」

「みんな気を付けて！　足を踏ん張って！　凄いのが来る——！」

ラフィニアが騎士達に呼びかけた直後——

ガキイイイイイイイイイイイイイイインッ！

耳を劈く大音声《だいおんじょう》。

周囲の目に現れたのは、イングリスが身《み》の丈程《たけほど》もある大剣をロシュフォールの盾に叩《たた》きつけている姿だ。

同時にその衝撃の余波が、周囲に撒《ま》き散らされる。

「「うおおおおぉぉぉぉぉぉあっ⁉」」

それを受けた騎士達が次々と背中から転倒《てんとう》して行く。ラフィニアの警告した通りだ。

「下手に立ち上がらないで！　体を低くしておいた方がいいです！」

自身はまだ治療中のカーリアス国王の体が吹《ふ》き飛ばないように覆い被《かぶ》さりつつ、周囲に呼びかける。

「わ、分かった――――！」

「そうするよ！　ありがとう！」

「ラフィニア君……！　陛下の容体は――――⁉」

レダスは問いかけながら、カーリアス国王の体を押さえるのを手伝ってくれる。

「大丈夫……！　クリスの言う通りにしたら、本当に良くなって来ましたから――――！　必ず助けられます……！　あとはクリスが勝ってくれるのを待つだけ……っ！」

イングリスは必ず勝ってくれるはず——この後も予定が詰《つ》まっているのだ。

ラファエルを助けて、虹の王《プリズマー》を倒《たお》す本命の戦いが待っている。

その戦いの機会を見逃《みのが》すイングリスではないし、ラフィニアを悲しませるようなものは叩き潰してくれるのもイングリスだ。

だから負けない。負けるはずが無い。聖騎士と天恵武姫《ハイラル・メナス》を超える事が出来なければ、虹の王《プリズマー》を倒す事もまた不可能だろう。

きっと勝つ。勝って人がどれだけ心配しているかも知らず、良い戦いだったなあとか言って微笑むのだ。

それがいい笑顔で可愛らしいので、色々あってもラフィニアとしてはつい許してしまう。

今までもこれからも、きっとそうに違いない——

そのイングリスの姿は、ロシュフォールと激突した衝撃でお互い真後ろに弾かれ、距離が開いていた。

お互いがお互いに地面に残した轍をさらに深く抉るように踏ん張り、同時に止まる。

「なるほど……！　互角《ごかく》かァ……！」

「いいですね——ならば……！」

——もう一度だ！

ドガドガガアァァァァァァンッッ！

再び重なる二つの地を蹴る音。

ガキイイイイイイイイイイイイイイイイイイインッ！

再び衝撃が二人の体を弾いて引き離《はな》す。

「その細腕《ほそうで》にこの衝撃は辛《つら》いだろぉ？　いいんだぞ、逃《に》げても——？　君のあの身のこなしならば、受け流す戦いも出来るはずだ……！」

「いいえ、とことんお付き合いしますよ……！」

相手の得意の攻撃、強みを真っ向から受け止めて、そして勝つのがイングリス・ユークスの戦い方だ。

この竜鱗の剣の強度を確かめる意味でも、あの天恵武姫《ハイラル・メナス》が変化した至高の盾を、とことん叩いて叩いて叩き捲《まく》りたいのである。

ガキイイイイイイイイイイイイイイイイイインッ！

「意地を張るなよ――ッ!?」

「そちらこそ――！」

ガキイイイイイイイイイイイイイイイイイインッ！

「フハハハハハハッ！」

「ふふふ――」

何度も何度も、イングリスとロシュフォールは真正面からぶつかり合う。

衝突《しょうとつ》の度に撒き散らされる衝撃は、城の建物全体を揺《ゆ》らし、軋《きし》ませ、所々で崩落《ほうらく》が始まりつつあった。

「こ、このままでは城が崩れるぞ……！」

「だがどちらが勝つかも、いつ止まるかも、全く分からん――っ！」

「そもそもまるで動きが見えんからな……っ！」

「いえ、でも……！　ちょっとずつだけどクリスが押してる――っ！」

正直ラフィニアにも、完全に二人の動きを把握する事は不可能だった。

二人の姿が一瞬《いっしゅん》目に映っては消え、映っては消えを繰《く》り返し、消える度にとてつもない轟音《ごうおん》を響《ひび》かせてまた映る。

二人がぶつかるのは、毎回同じ位置。

だから衝撃が地面を円形に抉り続けているのだが――

だんだんその破壊跡《はかいあと》が、楕円形《だえんけい》に近づいている。

大きな円から少しずつロシュフォールの側に、はみ出しているのだ。

つまり――イングリスが押し込《こ》み始めているという事だ。


ガキイイイイイイイイイイイイイイィィィィインッ！


「ぐうううううぅぅぅうウウッ!?」

やや姿勢を乱したロシュフォールが踏ん張り切れず、一瞬だけ地に膝《ひざ》を突く。

「何故《なぜ》だ……!?　あちらが押し始めているのか――!?　あの華奢《きゃしゃ》な体に、まだそんな底力が――っ!?」

「いいえ。違いますね」

イングリスは静かに首を振る。

「何……!?」

「わたしが押したのではありません。あなたが押されたまで——気が付かれませんか？」

イングリスはそっと、自分の口元を指差すような仕草をする。

とても残念そうな、憐《あわ》れむような表情で——

戦いの最中、イングリスがこんな憂鬱《ゆううつ》そうな顔をするのは滅多《めった》にない事だ。

「あァ——？」

ロシュフォールはぐいと口元を拭《ぬぐ》う。

そうすると拭った手には——べっとりと赤い血が付いている。

イングリスの打撃《だげき》による負傷という事ではない。

まだ剣と盾をぶつけ合う力比べの最中だったのだ。

まだまだ本番はこれから、という所だったのだが——

「ぬぅ——っ!?」

ロシュフォールは忌々《いまいま》しげに手を振り、手に付いた血を払《はら》い落とす。

「こ、これは……！　これが——!?」

「じゃ、じゃあ……！　に、兄様も――!?」

二人とも明言しないが、レダスやラフィニアの言いたい事は分かる。

これが天恵武姫《ハイラル・メナス》の副作用かと。

武器化したエリスやリップルを手に取る事で、ラファエルもこうなってしまうのかと。

そう思っているのだろうが――

「いや。違うんだよ、ラニ――この人は元々こうなんだよ」

「え……!?　じゃあ体が――？」

「うん。凄く悪いんだよ……生きてるのが不思議なくらいに――」

恐らく立っているだけでも辛いはず。

それがこれほどの強度の戦闘《せんとう》を行い、全身に凄まじい激痛を感じているだろう。

ロシュフォールの持つ強靭《きょうじん》な肉体と、それ以上に強靭な精神力の為《な》せる業で、並の人間ならとっくに棺桶《かんおけ》に入っているに違いない。

そしてそんな死者にも等しい体の状態だからこそ――

天恵武姫《ハイラル・メナス》が、使い手の生命力を吸い取って散らしてしまうという副作用が働いていないのだ。

死体から吸い取る生命力は無い――という事である。

そしてそんな状態のロシュフォールだからこそ、血鉄鎖旅団の黒仮面のように霊素《エーテル》で副作用を抑《おさ》える事も無く、天恵武姫《ハイラル・メナス》の影響《えいきょう》を回避《かいひ》して長く戦う事が出来たのである。

そんな状況《じょうきょう》もあり得るという事を、イングリスもロシュフォールを見て初めて知った。

ある種、奇跡的《きせきてき》な状況の組み合わせである。

ロシュフォールという強大な騎士《きし》が不幸にも死病に蝕《むしば》まれ、余命幾許《いくばく》も無い状態でも、天恵武姫《ハイラル・メナス》を手にして戦場に立ててしまう――

彼にどんな信念や目的があるのかは知らないが、この戦いは、そんな状況が揃《そろ》って初めて巡《めぐ》り合える戦いだった。

とても貴重な、価値のある戦いだ。だがそれも――

「あなたの根性《こんじょう》には感服します。ですが――流石にそろそろ限界でしょう？　少々休憩《きゅうけい》されることをお勧《すす》めしますが……？」

「クックク……！　こちらの状態を見抜《みぬ》いておきながら、そんな事を言うのは残酷《ざんこく》ではないかねェ――？　この体を死神は待ってはくれんよ……！　立ち止まる事は、無為《むい》に死を受け入れるという事……！　それではこのアルルが救われんのでなァ――！　遠慮《えんりょ》をさせて頂こう！　まだまだ戦いはこれか――グぶぅ……っ！」

ロシュフォールが今度は大量の血を吐《は》き、その場にがっくりと膝を突く。

天恵武姫《ハイラル・メナス》の黄金の盾を支えに、何とか倒れる事だけは堪《こら》えているような状態である。もう、限界だろう――

イングリスはそちらへ向けて、すたすたと歩み寄る。

「勿論《もちろん》承知しています――ですから、休憩をと言っています」

「……？」

「ラニ――！　お願い、あれを持って来てくれる？」

「う、うん……！　分かったわ――！」

ラフィニアが持って来てくれたのは――美味《おい》しそうに焼けた神竜の肉の串焼《くしや》きである。

「これは神竜の肉です。その秘《ひ》められた強靭な生命力は、万病に効く霊薬《れいやく》にもなり得ます――ほら、見て下さい」

イングリスの視線の先には、レダスらに介抱《かいほう》され、城壁《じょうへき》を背に座《すわ》っているカーリアス国王の姿だ。瀕死《ひんし》に近い重傷だったが、もう意識を取り戻《もど》すまでに回復している様子だ。

ただ美味しいだけではなく、神竜の肉にはそういう効能もあるのだ。

良薬口に苦しとは言うが、神竜の肉に関してはそれが当てはまらない。

流石は元々この世界の者ではないと言われる竜の、それも最高峰《さいこうほう》の神竜の肉。

この世界の常識など通用しないのである。

「……！　大将首を挙げ損ねたという事――か……」

「それはまだ分かりませんが――さ、これをどうぞ？　お食べになって下さい」

「情けをかけるつもりかァ……その代わり戦いを止め、降伏《こうふく》しろとでも――」

そんなつもりは毛頭ない。ないのだが――


バシュウウゥゥンッ！


ロシュフォールの黄金の盾が白く輝き始め、人型の影《かげ》となって行く。

リップルと同じような、獣《けもの》の耳と尻尾《しっぽ》を持つ獣人種の女性だった。

見た目の年齢《ねんれい》もリップルと同じ程度の、二十前後といった所だが――

受ける印象は好対照で、大人びた淑やかさを漂《ただよ》わせている。

この女性があの盾の天恵武姫《ハイラル・メナス》――

彼女《かのじょ》は必死の形相で、ロシュフォールに訴《うった》えかける。

「ロス――！　も、もう止めましょう……！　あなたが助かるのなら、私は……！」

そんな彼女を、ロシュフォールは睨《にら》みつけ――

「「誰《だれ》が戦いを止めると――っ！」」

イングリスとロシュフォールの台詞が重なる。

「言ったあぁっ⁉」

「言いましたかっ⁉」

言葉尻《ことばじり》こそ違えど、言っている内容としては全く同じである。

「え、えええ……っ⁉　あ、あなたはロスを助けようとしてくれているのでは……？」

天恵武姫《ハイラル・メナス》の女性にとって、ロシュフォールは良く知った間柄《あいだがら》。

こう提案されて、素直《すなお》に言う事を聞かないのは想定内だったようだが――

イングリスにまで同じ事を言われたのには、驚《おどろ》いた様子だった。

「ええ、仰《おっしゃ》る通りですが？」

「では、戦いを止めるべきでは――？　命を救う代わりに、降伏を促《うなが》しているのでしょう？」

「そんな事をして何になります？」

「な、何って……？　あなた方が勝って、戦いは終わって危機が去って――」

そう言う天恵武姫《ハイラル・メナス》の女性に、イングリスは静かに首を振る。

「そんな事を、わたしは望みませんが？」

「……⁉　で、では何を――？」

「これを食べて、戦いを続けましょうと言っています。降伏などとんでもない。そんな事をされては困ります――」

「……！　あなたは……⁉」

「敵に塩を送る――という事かァ……っ⁉」

そう呻《うめ》くロシュフォールはもう、かなり辛そうだ。

早くしないと手《て》遅《おく》れになりかねない。

「いえ、そのような恩着せがましいものではありません。それは本当に見返りを求めない善行でしょう？　わたしは見返りを求めます。あなた方と本気の手合わせを、心行くまで楽しむという見返りを――」

体験に対価を払うというのは、何も可《お》笑《か》しくない一般的《いっぱんてき》な行為《こうい》だろう。

騎士アカデミーに授業料を納めて訓練を受けるのと同じだと言える。

今回はその相手が敵国の聖騎士と天恵武姫《ハイラル・メナス》であり、提供してもらう対価が全力を尽《つ》くした手合わせの機会だという事だ。

「ですからどうぞ、受け取って下さい？　すぐに動ける程度にはなるかと」

「ハッハハ……！　イカレてるなあァ……⁉　君は――！　このまま私を殺しておけば何も面倒《めんどう》は無いものを、自分が戦いたいからという理由だけで、この死体を引きずり起こしてまた殴《なぐ》ろうとするか……！　その酔狂《すいきょう》が君の国を亡《ほろ》ぼすかもしれんのだがなァ……!?」

「最終的に辻褄《つじつま》が合っていれば、少々自分が楽しんでしまってもよいかと——きっと大丈夫《だいじょうぶ》ですよ？」

自分が勝てば何も問題は無い。そして負けるつもりは無い。だから大丈夫。

イングリスはたおやかな笑みを浮《う》かべて、そう応じた。

「——ホントにそうだといいけど、はぁ……」

聞いているラフィニアは一つ大きく深いため息をつく。

「あ、ラニ——だ、ダメじゃないよね？　いいよね……？　ほら、力も出し切れないまま終わるなんて可哀想《かわいそう》だし、武士の情けというか——」

「……複雑ぅ。確かに病気でなんて、気の毒な気もするけど——ね。本当ならお肉をあげて、その代わりに降伏して貰《もら》うのが一番だと思うの」

「わ、私もそう思うのですが……」

ラフィニアの言葉に、向こうの天恵武姫《ハイラル・メナス》も頷いていた。

「そんなのダメだよ、ラニ——！　それじゃダメ……！」

「アルル！　つまらん事を言うな……ッ！」

アルルと呼ばれた天恵武姫《ハイラル・メナス》を窘《たしな》めたロシュフォールは、血で汚《よご》れた口元をにやりと歪《ゆが》め、イングリスに応じる。

「ククク……！　いいだろう気に入った……！　食ってやるぞォ――！　貸せッ……！」

「はい、どうぞ――美味しいですよ？」

ロシュフォールは肉を受け取り、口に運ぼうとするが――

その手はかなり震えており、串《くし》が滑《すべ》り落ちそうになる。

口だけは威勢《いせい》がいいが、もはやそれ程弱っているという事だ。

その状態でこちらと真っ向力比べをしていたのだから、その強靭な精神と旺盛《おうせい》な戦意には目を見張るものがある。

もし前世のイングリス王の時代であれば、軍団の先鋒《せんぽう》を担《にな》う大将として、是非《ぜひ》とも欲《ほ》しいと思わされるような逸材《いつざい》だ。

「ロス……！　無理をしないで、私が――」

アルルがロシュフォールに寄り添《そ》い、肩《かた》をその身で支える。

ロシュフォールの手から串を受け取り、彼の口元に運ぼうとする。

甲斐甲斐《かいがい》しい動きだった。

「何であれ、あなたが生きていてくれるのなら――私はずっとあなたの側に――」

「ああ……う――ぐぅぅっ……!?」

再びロシュフォールが大きく吐血《とけつ》し、アルルの纏う鎧《よろい》が赤く染まる。

「ロスッ――!? しっかりして……！ これを食べれば――！」

「ぐうぅ……っ！ くそがァ……ッ！」

もう体に、肉を噛《か》む力も――これでは間に合わないかもしれない……！

「頑張《がんば》って！ もう少しです――！」

イングリスも声援《せいえん》を送る。

「食べられないなら、代わりに噛んであげて下さい！ それで口移しにすれば大丈夫！」

ラフィニアがてきぱきと、アルルに指示を飛ばした。

「は、はい――！ 分かりました！」

アルルは言われた通りに、急いで串焼きの肉を噛み砕《くだ》き――

それを口移しでロシュフォールの口内に流《なが》し込んで行く。

「う……ぐ……っ！」

何とか肉をロシュフォールが飲《の》み込む。

厳しい所だったが、間に合っただろうか――暫《しばら》く見守るしかない。

「何とか間に合う――かな――？」

ラフィニアも心配そうにしている。

「食べられるなら大丈夫だと思う――ラニがよく気が付いてくれたね？　もう少し遅《おく》れたら危なかったかもしれないから」

「まあね。さっきこっちでもやったから」

ラフィニアが衝撃的《しょうげきてき》な事を言った。

「はぁ!?　えええええええええぇぇぇぇっ!?　な、何て事を……!?」

これにはイングリスも思わず吃驚《びっくり》して声を上げてしまう。

戦いに夢中で気が付かなかった――！

重傷《じゅうしょう》のカーリアス国王の治療《ちりょう》に当たっていたラフィニアが、そんな事をしていたとは！

しかし、ラフィニアはきょとんと首を捻《ひね》った。

「？　何て事って何よ？　国王陛下、本当に危なかったんだから。お肉を何とか食べさせて、それで全力で奇蹟《ギフト》も使ってようやくだったわよ？」

「で、でもそんな事までしてなんて言ってない……！　それは、相手は国王陛下だし凄く偉《えら》い人だけど――」

「いやいや、何言ってるのよ。偉いとか偉くないとか、関係ないわよ。助けられる人は全力で助けるのが、この奇蹟《ギフト》を扱《あつか》う人間の務めでしょ？」

ラフィニアは胸を張って笑顔《えがお》になる。

「ラニ――」

その高潔な精神は素晴《すば》らしいとは思う。立派であるし、誇《ほこ》らしくもある。

それに女の子としてお年頃《としごろ》のラフィニアには、こういう機会に余計な夢や憧《あこが》れが打ち砕かれていたほうが、色々と面倒事が無くなるかもしれない。知れないのだが――

何だろう。経験した事が無いような体の震えを感じる。

武者震《むしゃぶる》いとは確実に違《ちが》う、寂《さび》しいような、悔《くや》しいような――

「…………」

イングリスは壁際《かべぎわ》で戦況《せんきょう》を見守るカーリアス国王の方に、ちらりと視線を送る。

自分がどんな顔をしているのかは分からないが――

「こらこらクリス、睨まないの……！」

「睨んでないよ、見ただけだし――！」

「嘘《うそ》をつかない……！　今にも襲《おそ》い掛《か》かりそうな顔してたわよ――」

「そんな事ないもん――！」

と、イングリスの視線を受けたカーリアス国王が声を上げる。

「う……っ！　うおぉぉぁぁぁ――さ、寒気がするっ……!?」

「陛下っ!?」

「急に顔色が――!?」

「容体は安定なされていたのに……っ!?」

慌《あわ》てふためく周囲の近衛騎士達。

「ら、ラフィニア君――！　陛下が……！　陛下を診《み》てくれ――ッ！」

「はいっ！　も～、クリスが睨むから……！」

「だって……！」

「まだ量が足りぬやも知れん――！　ならば今一度！　陛下、御免《ごめん》ッ！」

レダスが神竜の肉を口に含《ふく》んで噛み砕いてカーリアス国王に与《あた》えようとする。

「！　おお……！」

イングリスは目を輝かせて手を打った。レダスの口ぶりから、先程《さきほど》もこれが――！

大の男同士が口移しをする図など、本来は決して美しいものではないが、今はキラキラと輝いて見えた。

「ね、ねえねえラニ！　さっきもレダスさんがやってくれたんだよね？　ね？」

「うん。そうだけど――？　あ～……そういう事ね、もう、人の命がかかってるんだから、そんな事に目くじら立てて怒《おこ》らないの！」

「でも、ラニにはそういう事はまだ早いから！」

　イングリスはにこにことレダスに手を振《ふ》りながら応じる。

　素晴らしい活躍《かつやく》だ。とても助けられた。感謝の気持ちが思わず体を動かしていた。

「もう……！　まあ、あたしとしてもちょっと助かったけどね……初めては好きな人とって思うし――」

　何を想像したのか、ラフィニアは少々顔を赤らめる。

「だ、ダメだって……！　変な事考えたらダメだよ⁉」

「まあ、今はそんな場合じゃないわね！　あたしも国王陛下を見て来る！」

　ラフィニアが走ってカーリアス国王の元に戻って行く。

　イングリスは気を取り直し、ロシュフォールとアルルの方に目を向ける。

「――そちらは如何《いかが》ですか……？」

「い、頂いた肉は食べさせました……！　でも、他《ほか》に治癒《ちゆ》のできる魔印武具《アーティファクト》もあるのなら、出来ればそちらも……！」

　アルルは必死な様子で、イングリスに訴えかけてくる。

「そうですね。効果の程は、分かりませんが――」

　あのラフィニアの奇蹟《ギフト》は、あくまで外傷つまり怪我《けが》を治癒させるもので、病気にまで効果が及《およ》ぶものではない。

カーリアス国王の場合は、戦闘による怪我が重傷だったため、両者の併用《へいよう》が相乗効果になったが——ロシュフォールの場合には、奇蹟《ギフト》効果は薄いかもしれない。

が、心からロシュフォールを案じている様子のアルルの気持ちはよく分かる。

「少し待ってて下さい——！　すぐにそっちにも行きますから……！」

カーリアス国王を診るラフィニアが、アルルに呼びかける。

「は、はい……！　ありがとうご——」

その言葉をかき消すように——

「いらあぁぁぁぁンッ！」

アルルの膝に頭を預けていたロシュフォールが、がばっと勢い良く身を起こす。

「クックククク……！　待たせたなァ、さぁ約束を果たそう——戦いを続けるぞッ！」

「ええ。ありがとうございます」

イングリスはにっこりと笑顔で頷《うなず》く。

「ま、待ってロス……！　まだほんの僅《わず》かに回復しただけでしょう——無理せずに回復を待って……！」

「そんな悠長《ゆうちょう》な事を言っていられるかッ！　俺達《おれたち》には時間が無いのだよ……！」

「その通りです、早くしないと間に合いません——」

二人して時間が無いというロシュフォールとイングリスに、アルルは理解が出来ず困惑《こんわく》した表情を見せる。

「え――？　時間なら回復すれば沢山《たくさん》あるでしょう？　何でそんなに急いで無理をして……！　これだけの効果のある薬なのだから、もう少し待てばもっと……！」

「そう、素晴らしい霊薬だよ。死体に等しい体に、徐々《じょじょ》に活力が戻ってくるのが分かるよ――このままいけば私の体は回復するだろう。そして――そうなればもう、長くお前を使い続ける事は出来ん……ッ！」

「ええ、あなたの体の状態と、そんな状態でも戦えてしまう強靭な精神力が為し得《え》た奇跡《きせき》でしょうね。蝋燭《ろうそく》の最後の一瞬のゆらめきのように――」

「あ――そ、そうだわ……逆に回復し過ぎてしまえば……！　私がロスを――」

今度は天恵武姫《ハイラル・メナス》が天恵武姫《ハイラル・メナス》本来の機能を果たす事になる。

つまりロシュフォールの生命力を吸って投げ捨てて死に至らしめる。

こればかりはロシュフォールの体が病気だとか、重傷を負っているというような話ではないため、神竜の肉を食べた所で止められはしないだろう。

「残念な事ですが――下手に回復を待てば、そうなるでしょうね」

イングリスとしても、流石《さすが》に相手が命を失うのが分かっていて戦い続けろと要求する事は出来ない。

多少気が引けるし、何よりも勿体《もったい》ない。であれば天恵武姫《ハイラル・メナス》を使わずに、何度も手合わせして貰った方がいい。

天恵武姫《ハイラル・メナス》を使わずとも、ロシュフォールほどの強者は中々出会えるものではない。間違《まちが》いなく聖騎士に――ラファエルに匹敵《ひってき》する力の持ち主である。

流石に霊素《エーテル》の戦技と竜鱗《りゅうりん》の剣《けん》を全力で振り回すような戦いは控《ひか》える事になってしまうが、それでも手合わせ相手としては十分だ。

が――今この瞬間《しゅんかん》、ロシュフォールの体が回復し切らず天恵武姫《ハイラル・メナス》の機能をすり抜《ぬ》ける僅かな間だけでも全力の戦いを続けられるなら、それをしない理由は無い。この僅かな時間を、神竜の肉という対価で買ったようなものだ。

「さぁ時間がありません……！　早く先程の盾《たて》に戻って下さい！　早く早く早く……！」

「そういう事だ、アルルッ……！　早くしろォ――！」

二人に急《せ》かされるアルルが、露骨《ろこつ》に困惑した表情になる。

「ま、待って――！　でも、もういつ私がロスを――それなのに、き、危険だわ……！」

「いいえ、あなたにはその兆候は分かるはずですよ。分かりますよね？」

北のアルカードで戦った天恵武姫《ハイラル・メナス》のティファニエは、使用者から流れ出す生命力を知覚していた。

　そしてその流れが止まる事を、すなわちイングリスが力尽《ちからつ》きる頃合《ころあ》いだと判断していた。

　同じ事は同じ天恵武姫《ハイラル・メナス》のアルルにも出来るはずだ。

「よ、よく――分かりません……！　天恵武姫《ハイラル・メナス》になって、変化して使って貰うのは、まだ二人目だから――」

　アルルは怯《おび》えたように首を振る。

「なるほど――そうですか」

　アルルは天恵武姫《ハイラル・メナス》としての経験は比較的《ひかくてき》浅い――という事のようだ。確かに、長期戦は出来ずに使い手は力尽きるわけだから、最初のうちは使われている天恵武姫《ハイラル・メナス》の側も、何が起きているかよく分からないのかも知れない。天恵武姫《ハイラル・メナス》といえども初めから天恵武姫《ハイラル・メナス》であったわけではなく、元は地上に生きていた人間の女性達《たち》である。

　それを明確に認識《にんしき》していたティファニエは、天恵武姫《ハイラル・メナス》としての経験が長いのだろう。恐《おそ》らくエリスやリップルもそうだ。

　彼女達《かのじょたち》は天恵武姫《ハイラル・メナス》が使い手に与えてしまう影響と、その悲哀《ひあい》をよく分かっている様子だった。

　過去にどんな事があったか、根掘《ねほ》り葉掘《はほ》り聞くつもりは無いが――きっと様々な経験をして、沢山傷つき、悲しみ、だからこそそれらの繰り返しを破壊《はかい》しそうなイングリスに期待をかけるのだ。

こちらとしても、強い敵を優先して貰えて有難《ありがた》い限りである。

「落ち着いて意識を集中すれば、きっと大丈夫ですよ。先程までと違う流れを感じたのなら、それが終了《しゅうりょう》の合図です。さあ、勇気を出して――」

「そ、そんなに簡単に言わないで下さい……！　折角《せっかく》助かったのに、ロスに何かあったら私は……！　そ、そうまでして戦わなくても……！」

「文句を言う筋合いではないなァ、アルル……！」

ロシュフォールがそう言って、アルルを制する。

「ロス……!?」

「もう対価は受け取ってしまっているのだよ？　先払《さきばら》いでなァ……！　約束を違えるのは責任ある大人の態度とは言えんだろう？」

「で、でも……！　そ、そんな問題では――」

「それに――だ。もしここで命拾いをしたとしても、次の相手は虹の王《プリズマー》だ。私達が起こしてしまったやも知れんあれを、放置する事は出来ん。カーラリアがヴェネフィクのものになるならば、そこに住まう者達はヴェネフィクの民となる――見捨てる事など出来んのだよ」

「あ……！　そ、そんな――」

「分かるか？　つまりお前の今の拘《こだわ》りなど、些細《ささい》な事に過ぎんよ」

「そ、そうですね……本当にそうです――ごめんなさい……」

「ならばせめてこの一時くらい、お前の力を私に楽しませてくれてもいいよなァ？　武人として腕《うで》が鳴るというやつなのだよ……！　天恵武姫《ハイラル・メナス》を振りかざす騎士に独力で対抗《たいこう》して来るような無印者だぞ――！　この世の中の常識をぶち壊《こわ》すような存在だ！　面白《おもしろ》い――！」

「ロス……！　分かりました、あなたがそう望むのなら――」

アルルは瞳《ひとみ》に決意を漲《みなぎ》らせ、強く頷く。

イングリスとしては、ロシュフォールによくやったと拍手《はくしゅ》を送りたい程《ほど》だ。

アルルの気が変わると困るので、実際にはやらないが。このロシュフォールは狂人《きょうじん》のふりをするが実は知的であり弁も立つ。中々に面白い人間性だ。

「さァお待たせしたなァ、お相手仕《つかまつ》ろうかァ――！」

そうにやりと笑うロシュフォール。

「はい。お願いします――」

イングリスもにっこり笑って一礼して応じる。

そうしているうちにアルルの体が眩《まばゆ》く輝《かがや》き、変化をして行く。

黄金の盾を再び手にしたロシュフォールは、大きく飛び退《すさ》ってこちらと距離《きょり》を取る。

「時間は無いのでなァ……！　一撃《いちげき》だ――！　最大の一撃でケリをつけてやるぞォ！」

「ではこちらもそうさせて頂きましょう――！」

気兼《きが》ねなく戦える時間は僅かしかない。

こちらも最大の攻撃《こうげき》を試《ため》させてもらう――！

「うおおおらあぁぁぁぁぁぁぁぁァァァァ――――ッ！」

ロシュフォールは裂帛《れっぱく》の気合と共に、黄金の盾を天に掲《かか》げる。

盾の輝きがより一層激しくなり、溢《あふ》れ出した光がロシュフォールの周囲を半球状に覆《おお》って行く。それがどんどん拡大をし、近くの城壁に触《ふ》れると――


ドガアアアァァァァッ！　ズガガガガガガッ！


強烈《きょうれつ》な圧力を受けて、為す術《すべ》も無く崩壊《ほうかい》を始める。

だがこれは、あくまで力の余波に過ぎない――

疑似霊素《ダスティ・エーテル》の大部分は盾そのものに収束している。

先程のぶつかり合いの時よりも強く、激しく、まだまだ高まって行く。

「ラニ、皆《みな》さん！　もっと離れていて下さい、下手すれば城が吹《ふ》き飛びますから――」

「わ、分かったわ――！　気を付けてね、クリス……！　クリスが無事ならそれでいいから――！」

イングリスの呼びかけに従い、ラフィニアや騎士達《きしたち》は近衛騎士団《きしだん》の機甲鳥《フライギア》に分乗して離れて行く。

「くっ……！　きっとイングリス殿にお似合いの騎士団長の証の装束と、お食事も用意していたものを……っ！」

レダスが残念そうに唇《くちびる》を噛む。

「⁉　聞いた⁉　ごちそうがあるって！　可愛《かわい》い服も！　どっちも絶対に守って！　ちょっとくらい怪我しても治してあげるから！」

「もう、すぐに言ってる事が変わるんだから。でも、分かってる……！　任せて――」

ラフィニアに応じつつ、イングリスは一つ深呼吸をして竜鱗の剣を構える。

「では、こちらも――！　はあああぁぁぁ……！」

竜鱗の剣を握《にぎ》る手を通して、刀身に霊素《エーテル》を流し込んで行く。

霊素殻《エーテルシエル》を身に纏《まと》った戦闘状態でも霊素《エーテル》は剣に浸透《しんとう》していたが、それはあくまで副次的なもの。

剣を握っている以上、そうならざるを得ないという事だ。

だがこれは違う。意図的に霊素《エーテル》を竜鱗の剣に集め、凝縮《ぎょうしゅく》している。

大量の霊素《エーテル》を流し込まれた刀身は青白いイングリスの霊素《エーテル》の輝きを帯び、どんどん輝度《きど》を増していく。ロシュフォールが携《たずさ》える黄金の盾の光と同じくらい――いや、それ以上に光《ひか》り輝いている。

これは普段《ふだん》使用している霊素弾《エーテルストライク》や霊素殻《エーテルシエル》を凌《しの》ぐ輝きだ。最大威力《いりょく》の戦技である霊素壊《エーテルブレイカー》を炸裂《さくれつ》させた瞬間に匹敵するだろう。

つまり、それだけの高密度の霊素《エーテル》が既《すで》に凝縮されているという事だ。

霊素《エーテル》というのは、万物《ばんぶつ》の根源ではあるが、極端《きょくたん》に制御《せいぎょ》の難しい力だ。

一度に全《すべ》ての力を放出するというような使い方も出来ず、イングリスの場合一度に放出可能な最大量は霊素弾《エーテルストライク》になる。

だがそれ以上の破壊力《はかいりょく》を追い求めて編み出したのが、霊素壊《エーテルブレイカー》である。あれは先に撃《う》った霊素弾《エーテルストライク》に霊素殻《エーテルシエル》で追いつき打撃を加えて炸裂させ、強引《ごういん》に破壊力を引き上げたものだ。

この剣のように霊素《エーテル》を受ける器たり得る武器を得た場合は、わざわざそれをする必要が無い。

剣が霊素《エーテル》を滞留《たいりゅう》させて、溜《た》め込んでくれるのだ。

一点に収束させるため霊素《エーテル》の拡散も少なく、結果的に霊素壊《エーテルブレイカー》よりも負担が少なく、同等の威力を引き出す事が出来る。

いや、何も同等で満足する必要は無い。

もっと全力を――！　全ての霊素《エーテル》を込める……！

「ふふふ――我ながらいい剣です……！　わたしの全てを預けられそうな仕上がりですよ――！」

「ぬううぅぅぅ――ならばこちらももっとだなぁぁァァ！」

ロシュフォールが更《さら》に気合を込めると、拡散する余波が更に広がって行く。

「――全身に力を込めようとすれば、余計な力が外に拡散してしまいます。盾を自分の体の一部だという感覚で、そこだけに力を込めるように意識すれば、もっと無駄《むだ》が無くなるかと思います」

余波が拡散して城を破壊しそうなロシュフォールに比べて、イングリスのほうはそこまでの影響を周囲に及ぼしてはいない。足元が多少ひび割れている程度だ。

これは威力が劣《おと》るわけではなく、剣のみに霊素《エーテル》を一転収束させる無駄の無さがそうさせているのだ。

「ハッハァ！　本当に敵に塩を送るのが好きだなァ！　君は――！」

「いいえ、先ほども言いましたが塩を送るわけではありません。わたしは強い者と戦いただけ――敵は強ければ強いほどいいですから」

「そうか、こうかあぁぁァァ！」

カッ――！

盾の輝きが更に激しく。そして同時に、拡散していた半球状の余波が小さくなる。

疑似霊素《ダスティ・エーテル》がより盾に収束した証拠《しょうこ》だ。

つまりそれだけ、盾に込《こ》められた破壊力も増した。

「はい、そうです――素晴らしいですね」

「お褒《ほ》めに預かるのは、まだ早いなあァァ！」

更に盾に埋《う》め込まれた宝玉も、それぞれの色に眩い輝きを放つ。

あの光線の一斉射《いっせいしゃ》も上乗せしてくるつもりだ――

それが出来るようになったのも、無駄な力の拡散が無くなったためである。

一言の助言でそこまで応用して来るとは、素晴らしいの一言だ。助言のし甲斐《がい》がある。

「クックク――！　これだけの威力……！　ぶつけ合ったらどうなってしまうのか、楽しみだなぁぁァ!?」

「ええ──全くその通りですね……！」

「さぁ準備はいいかァ!?」

「はい……！　お互《たが》いの最大の攻撃で……！」

ロシュフォールは盾をこちらに向け、イングリスは剣を即座《そくざ》に撃ち下ろす大上段の構えを取った。

「行くぞおオオォォォォォッ！」

ロシュフォールの盾が、極大の閃光《せんこう》を放つ。

ズゴオオオオオオオオオオォォォォッ！

盾自体の白い光、宝玉のそれぞれの色の光──全てが入り混じった美しさと共に、人の背丈《せたけ》の何倍もある巨大《きょだい》な規模。間違いなくあちらの全力の攻撃だ。

「ではこちらも──！　はあぁあぁぁぁぁっ！」

対するイングリスは、霊素《エーテル》を最大限に注《そそ》ぎ込んだ竜鱗の剣を叩《たた》き下ろした。同時に刀身から放出された霊素《エーテル》は、弧《こ》を描《えが》くような剣閃に沿って、巨大な三日月形の波動を形成する。

ズガガガガガガガガガガガガガガガガッ！


盾の放った光に負けない、巨大な霊素《エーテル》の塊《かたまり》――

一度にほぼ全ての、霊素弾《エーテルストライク》数発分の霊素《エーテル》を注ぎ込んだ極大の一撃だ。

それが地面を深く広く抉《えぐ》りながら、盾の光に向け真っすぐに突《つ》っ込んで行く――！


ゴオオオオオオオオオオオオオオオオオォォォォッ！


盾の光と輝く剣閃――

両者がぶつかると、一層激しさを増した轟音《ごうおん》と共に、衝突点《しょうとつてん》を中心に光の柱が立ち上り、円形に地面が崩壊し始める。

先程までのイングリスとロシュフォールの突撃《とつげき》からのぶつかり合いで出来た破壊痕《はかいあと》を完全に覆い隠《かく》して上書きする程の規模、深度だ。

このせめぎ合いが続けば、城壁どころか城そのものが跡形《あとかた》も無くなるだろう。

「さあぁァッ!?　どうなるかなァ!?」

ロシュフォールは少々ふらつき、片膝《かたひざ》を突きながらお互いの繰《く》り出した攻撃の行く末を見守る。動けなくなる程の全身全霊《ぜんしんぜんれい》を、この攻撃に込めたのだ。

イングリスとしてもそれは同じ――霊素《エーテル》はこの一撃に殆《ほとん》ど費やした。

多少の脱力《だつりょく》感と、足元のふらつきは感じる。感じるが――！

「竜理力《ドラゴン・ロア》っ！」

神竜フフェイルベインから授《さず》かったこの力が、まだ残っている――！

次撃を横薙《よこな》ぎに構えるイングリスの剣には、今度は白く立ち上る竜の気が込められていた。

「何いぃぃぃぃッ⁉ あれ程の一撃を撃っておきながらッ――⁉」

「これがわたしの全力です！ はあああぁぁぁぁぁぁっ！」

イングリスは竜理力《ドラゴン・ロア》を集中させた剣を横一文字に薙ぎ払《はら》う。

軌道《きどう》に沿って放出された竜理力《ドラゴン・ロア》の波動は、巨大な竜の尾《お》を象《かたど》り、疑似霊素《ダスティ・エーテル》と霊素《エーテル》が押《お》し合う衝突点へと突入《とつにゅう》して行く。

霊素《エーテル》の器たり得る武器を得た事で、霊素壊《エーテルブレイカー》のような苦肉の策を取って破壊力を引き上げる必要は無くなった。

一気に全力を剣に注いで溜め込み、それを開放すればいい。

が――先行した技に後から勢いを加えて炸裂させるという仕組みは有効だ。

今回はそれを応用した形――初手に全ての霊素《エーテル》を注ぎ、それを竜理力《ドラゴン・ロア》で炸裂させるのだ。

初手で相手が消滅《しょうめつ》しては空振《からぶ》りになる制約もそのままだが――イングリスの放った霊素《エーテル》は見ての通り、衝突点で留《とど》まってくれている！

カッ――――――――――――！

これまでで最大の、視界の全てを埋め尽くすような輝き。

竜理力《ドラゴン・ロア》が衝突点での押し合いの流れを変え、全てをロシュフォールの側に押し込み、炸裂する――――！

「うおおおおおおおおぉぉぉぉぉアア――――――っ!?」

ゴオオオオオオオオオオオオオオオオオオオオォォォォォッンッ！

ロシュフォールの叫《さけ》び声《ごえ》を掻《か》き消し、衝突点から向こう側に膨大《ぼうだい》な光の暴発が起きる。

その威力はイングリスの対面側の城壁《じょうへき》を全て吹き飛ばし、その場に巨大で深い穴を穿《うが》った。その破壊痕は、このカーラリアの王城が丸ごといくつも収まってしまいそうな程だ。

「「「お、おおおおおおぉぉぉぉっ⁉」」」

「「「な、何と凄《すさ》まじい――！　さ、流石だ……！」」」

騎士達がその光景に圧倒《あっとう》され、口をあんぐりとさせている。

あまりにも巨大な傷跡《きずあと》だが――幸いにも吹き飛んだ地形は城の庭部分と城壁、それに城が面しているボルト湖から引いた水路の部分だった。

というよりも、そのような地形だからこの場でこの技を使った、という事だ。ちゃんと城の建屋は残している。

空いた巨穴には、既にボルト湖からの水が流れ込み始めていた。

まるで底の見えない巨大な滝《たき》のような様相である。

これを見ればいかにも豪快《ごうかい》な大破壊《だいはかい》だが――

水が満ちれば外見には大半が覆い隠され、城の敷地《しきち》の半分近くが水路になって、水路の幅《はば》と水深が大幅《おおはば》に増した――という感じになるだろう。それ程大きな問題にはならないはずだ。

「うん。初めて試す技にしては、中々の威力かな――」

イングリスは大穴の縁《ふち》に立ち、爽《さわ》やかな笑《え》みを浮かべて頷いた。

神竜フフェイルベインの竜鱗の剣を鍵《かぎ》とした、霊素《エーテル》と竜理力《ドラゴン・ロア》を総動員した複合戦技――霊竜理十字《エーテル・クロスロア》とでも言った所だろうか。

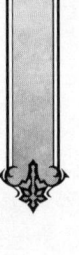

「これが中々って程度のものなのかなァ。恐ろしいまでの大規模破壊だよ、これは。まともに受ければ消し飛んで骨も残らんだろう――こんなものを人に向けないで頂きたいものだなァ」

イングリスに首根っこを掴《つか》まれたロシュフォールが呆《あき》れた様子で呟《つぶや》く。

二撃目の竜理力《ドラゴン・ロア》を放った直後、霊素殻《エーテルシエル》の全速力で先回りし、ロシュフォールを救い出したのだ。

「これ程の技だけに、受けて頂ける方も限られますので――こうして救助させて頂きました し、勘弁《かんべん》して頂けると助かります」

イングリスはロシュフォールに、たおやかな笑みを向けて応じる。

「――何故《なぜ》私を助けたのかなァ？」

「勿体ないからです。亡《な》くなられてはまた戦えませんので――療養《りようよう》をして治られたら、また手合わせしましょう？　甦《よみがえ》った虹《プリズマー》の王とはわたしが戦いますから、お気になさらず。好きでやらせて頂きますので」

「……よろしく頼《たの》む。君がその笑顔であれを倒《たお》すなら、それが一番世界が平和だよ。が、再戦は御免《ごめん》被りたい所だなァ。治った途端《とたん》に、また療養生活送りにされるのは敵《かな》わんよ」

と、ロシュフォールが携える黄金の盾が輝き人の形に戻《もど》って行く。

元に戻ったアルルは、イングリスからロシュフォールの身を受け取りつつ、深々と頭を下げる。

「あ、ありがとうございます！　ありがとうございます……！　ロスを助けて下さって……！」

その様子からは本心からロシュフォールを慕《した》い、その身を案じているのと、心優《こころやさ》しい性格が見て取れる。

今回ロシュフォール達が採った大胆《だいたん》な特攻《とつこう》作戦には、あまり似つかわしくはない。

「そもそも、今回はどうしてこのような作戦を？」

イングリスとしては二人と良い戦いが出来たので満足なのだが、多少の疑問は残る。

「わ、私のためなんです――ヴェネフィクに天恵武姫《ハイラル・メナス》は、私一人しかいないから……何かあった時には全ての業は私が――ですがカーラリアを落として、そちらの天恵武姫《ハイラル・メナス》の方を味方に付ける事が出来れば、その業を分かち合う事が出来るからと……」

ロシュフォールが亡き後のアルルの事を考えて――という事らしい。

なるほど確かに、天恵武姫《ハイラル・メナス》が一人しかいない国では、何かあった場合、その一人が全ての業を抱《かか》える他は無くなる。

カーラリアの場合はエリスとリップルの二人がいるため、負担は半分ずつになる。

お互いに励《はげ》まし合えるからこそ、国を守る守護者としての役割を果たし続けて来られたという面も大きいだろう。

あの二人から感じる強い絆《きずな》が、それを物語っている。

もしヴェネフィクがカーラリアを落とせば、天恵武姫《ハイラル・メナス》を接収して三人になり、アルル個人としての負担は相当に軽減される――という事だ。

「ケチんぼの上の連中に掛け合っても、天恵武姫《ハイラル・メナス》は増えん――ならば外から奪《うば》うのみ……残り少ない私の命の、最後の舞台《ぶたい》だったはずなのだがなァ。最も予想外な結末に至ってしまったようだよ。全く世の中何があるか分からん――」

ロシュフォールは自嘲《じちょう》気味に肩《かた》を竦《すく》める。

「私達のした事が、あなた達にとってとても罪深い事であるのは分かっています……！

でも私には止める事が――本当に済みません……！」

「お前が謝《あやま》る事はないのだよ、アルル。全てはこの大罪人がお前を唆《そそのか》してさせた事――それでいいのだよ」

「いえ、わたしに謝って頂く必要はありませんよ。おかげ様でいい戦いが出来ましたので
――ありがとうございました」

イングリスは二人にぺこりと一礼をする。

「……ロス、この子って――」

「ああ、イカレてるなァ……この私よりもなァ。ククク……面白い――」

「とはいえ、後の事は国王陛下にお任せする事になるとは思いますが――そこはわたしにも如何《いかん》とも……」

カーリアス国王が二人を処刑《しょけい》するというのならば、それを止める事は出来ない。

厳密にいえば力任せに二人を助ける事は出来るだろうが、そんな事をすればこの国に住めなくなるし、ラフィニアやラファエルや、家族にも多大な迷惑《めいわく》がかかる。

それと引き換《か》えには出来ない――という事だ。

「――この二名は捕虜《ほりょ》に致《いた》す。裁きは後日……まずは体を治すのが良かろう」

そう告げたのは、イングリス達の側にやって来たカーリアス国王だった。

多少足元がふらついている様子はあるが、もう自力で歩ける様子だ。

「国王陛下――！」

「……それがイングリスの望みであろう？　ならばそう致そう。また危地を救って貰《もら》ったな。世話になった――」

カーリアス国王はそう言って、イングリスに頭を下げて見せる。

「勿体ない――当然の事をしたまでですので、わたしに礼など不要です」

イングリスは淑《しと》やかに頭を垂れ、カーリアス国王の前に跪《ひざまず》く。

「「さすがはイングリス殿……！　何と奥《おく》ゆかしい……！」」

「「そしてお美しい……！」」

「お見事でした、イングリス殿っ！　元々感服しておりましたが、我々一同、より一層深く感服致しましたぞ――！」

レダスの言葉に、近衛騎士達がうんうんと強く頷く。

そんな様子の彼等《かれ》をよそに――

「……そうよね――『あ、何か強そうな敵がいる！　やったあ！　戦いたい！　ジャーンプ！』だったもんね……好きなように暴れただけの子にお礼はいらないわよね――」

すっとイングリスの隣《となり》にやって来たラフィニアが、ぼそりと呟いた。

「しっ……！　ラニ――！　それは言わない約束だよ――」

イングリスはラフィニアを小声で制止する。

通りがかりに幸運にも強敵がいたのなら、戦うのみ。当然の事である。

当然の事を当然のように行っただけなので、特に礼は必要ないのである。

が――その行動をどのように他者が受け取るかは自由。

愛国心や忠誠心のためと捉《とら》えて頂いても構わない。

結果が同じならば特に問題は無いだろう。そういう事だ。

「……？　どうか致したか？」

「いえ――！　それよりも、止《や》むを得ず城壁や運河を破壊してしまいました事を謝罪致します。申し訳ありませんでした」

「詮無《せんな》きことよ――不問に致す。よくやってくれた」

カーリアス国王はイングリスに深く頷く。

「北のアルカードでの活躍も聞き及んでおる。我としてはそなたの武功に何か報《むく》いたいと思うのだが――何か望みはあるか？」

「……でしたら、この方には体が治り次第《しだい》またわたしと戦わねばならないという刑罰《けいばつ》を与《あた》えて頂くというのは――」

北のアルカードでは、様々なものを得る事が出来た。

新たな力である竜理力《ドラゴン・ロア》。

イングリスの霊素《エーテル》を最大限に活用出来る器である竜鱗の剣。

神竜の肉は極上《ごくじょう》の美味であり、万病に効く霊薬《れいやく》でもある。

が――イングリスが唯一《ゆいいつ》得られなかったもの。

それはいつでも好きな時に手合わせ出来る相手である。

イアンを複製していたイーベルの技術を突き止《と》めて自分を複製したり、神竜フフェイルベインそのものを連れて帰って来る事が出来れば良かったが――

イーベルの技術が隠されていたはずの機竜はフフェイルベインと融合《ゆうごう》して機神竜となり、天上領《ハイランド》に去ってしまった。

せめてどちらかでも確保出来ていれば良かったのだが――というわけでやはりいつでも好きな時に戦える手合わせ相手は必要なのである。

ぎゅううっ！

横から耳を引っ張られる。

「こらクリス……！　何を馬鹿《ばか》な事を言ってるの、そんな事したら可哀想《かわいそう》でしょ……！

折角助かったのに、死ぬより辛《つら》い罰《ばつ》を与えてどうするのよ……！」

「い、いたいいたい……！　そ、そんな事ないよ、これは常にお互いを高め合おうっていうすごく生産的で神聖な試みで——だからきっと喜んで貰える……」

「いや、美人に折檻《せっかん》されるのは嫌《きら》いではないが——永遠にそれを繰り返されるのは願い下げだなァ。ならば、一思いに処刑して頂きたい所だよ」

「ほら嫌《いや》がってるじゃない！　そんなの魔石獣《ませきじゅう》だけにしときなさい！　とにかくダメだからね！　分かった⁉」

「うん、分かった！」

「？　いやに返事いいわね……」

「だって魔石獣なら飼っていいんでしょ？」

ならばロシュフォールは諦《あきら》めて、そうするまでである。

「ダメに決まってるでしょ！　止めなさい！」

「えぇ……⁉　今いいって言ったのに——⁉　ずるいよ、ラニ……！」

「それとこれとは別！　とにかくダメ！　ダメダメ！　分かった⁉」

「うぅぅ……」

イングリスを嗜《たしな》めるラフィニアに、アルルが深く頭を下げていた。

「あ、ありがとうございます……！」

「いえいえ、どういたしまして。それより、うちのクリスが馬鹿な事を言ってごめんなさい。まずはお二人が元気になる事だけ考えて下さいね？　きっと大丈夫《だいじょうぶ》だから――」

ラフィニアはそう笑顔《えがお》で応じてから、あっと何かに気が付いた顔をする。

そして深々と、カーリアス国王に頭を下げる。

「す、済みません国王陛下……！　あたしったら勝手に色々言って――」

「いや、構わぬ――では、誰《だれ》かこの者が療養できる場所を。ヴェネフィクの天恵武姫《ハイラル・メナス》よ。監視《かんし》と拘束《こうそく》はさせて頂くが、異論は無いか？」

「は、はい……！　ロスを助けて下さり、心より感謝します――」

アルルはカーリアス国王に深く深く首を垂れる。

「ふふん……涙《なみだ》ぐましいよ、カーリアス国王陛下――自分を瀕死《ひんし》に追い込んだ敵国の将を助命頂けるとはなァ。あなたも相当イカレてるなァ？」

ロシュフォールはカーリアス国王に皮肉っぽい笑みを向ける。

しかし、カーリアス国王は皮肉や挑発《ちょうはつ》の類には全く動じない性格である。以前王宮を訪《おとず》れたイーベルがどれ程屈辱的《ほどくつじょくてき》な挑発をしても、最後まで耐《た》え抜いていたのだ。

それに比べれば、ロシュフォールのこの発言は可愛いものだったかもしれない。

「ふむ――それは、この娘《むすめ》を騎士団長に据《す》えようとするのとどちらが上であろうな？」

ニヤリとした笑みをロシュフォールに返していた。

「ククク ッ……なるほど、可愛いものだったかも知れんなァ。これは失礼――」

「――では、連れて行け」

「「「ははっ！」」」

レダスや騎士達が頷《うなず》いて、ロシュフォール騎士団長にするってのは、

「――なるほど、クリスを騎士団長にするっていうのは、自分が殺されかけるくらいやばい事だってわけね――さすが国王陛下はよく分かってるわね……」

ロシュフォールとアルルを連行して行く。

「失礼な。わたしは国王陛下と手合わせしてもちゃんと大怪我《おおけが》しないようにするし――」

「いや、そういう問題じゃないでしょ――」

そう言い合うイングリスとラフィニアに、カーリアス国王が呼びかける。

「ラフィニアよ――」

「へ……？　あ、はい――！」

カーリアス国王に直接名を呼ばれるのは初めてだったので、ラフィニアは少々吃驚《びっくり》していた。

「そなたも我の命を救ってくれたな。これで二度目だ。礼を言わせてくれ――」

「い、いえ――クリスも言いましたけど、当然の事をしただけです……！　あたし達の国王陛下だもの――！」

畏《かしこ》まって背筋を伸《の》ばすラフィニアを、カーリアス国王は微笑《ほほえ》ましそうに見つめていた。

「そなたは何か望みはないか？　その功績はイングリスに劣らぬものよ――」

「いえ……！　クリスもですけど、あたしも別にゃ……!?」

むにっ！

イングリスがラフィニアの唇をつまんで塞《ふさ》いでいた。

「にゃにゅしゅりゅにょよ、くるる～！（何するのよ、クリス～！）」

「望みはあります――！　ラニは言えないみたいですので、わたしが代弁しますね？」

イングリスはにっこりと笑顔を浮《う》かべて、そう言った――

◆◇◆

小一時間後――

イングリスとラフィニアは王宮内にある一室にいた。

しゅるしゅると続いていた衣擦《きぬず》れの音が止み、イングリスの着替《きが》えが完了《かんりょう》した。

ついでに戦いで少々乱れた髪《かみ》も梳《す》いて貰って――

「はい、いいわよ！　さっすがクリスは何着ても似合うわね～♪　ほら回ってみて、くるくるー♪　笑顔でね～？」

「うん。分かった、ラニ」

イングリスはラフィニアの言う通り、大きな姿見の前で二、三回くるくると回ってみせる。ふわりと浮いた外套《がいとう》部分には、カーラリアの近衛騎士団長の証である紋章《もんしょう》が、良く見えるように大きく刺繍《ししゅう》されていた。

「いいわよね～この衣装！　前からちょっと可愛いなって思ってたの」

「うん、そうだね。ラニ」

イングリスとしてもラフィニアと同意見で、前から気になっていたものではあった。

「それに――これからあたし達《たち》がやろうとしてる事には相応《ふさわ》しいと思うのよね！　形から入るじゃないけど、やっぱり気合の入り方が違《ちが》って来るわ！」

ラフィニアはふんふんと鼻息を荒《あら》くしている。

「そうだね、これ可愛くていいよね。エリスさんやリップルさんとお揃《そろ》いだし――」

用意されていた騎士団長を拝命するための衣装は、エリスとリップルが身に着けている装束を基にして、外套に専用の紋章を入れ込んだものだったのだ。

　このカーラリアの文化、伝統からしてそれが相応しいとの事だった。

　あの二人が着ている衣装を可愛いと思っていたので、イングリスとしても少々嬉《うれ》しい。

「まあ、クリスの場合は二人を見習って馬鹿な事するなって意味が込められてそうだけどね――？」

「わたしは見習わないよ？　エリスさんやリップルさんとは別のやり方をするから――誰も犠牲《ぎせい》にせずに楽しんで戦わせて貰うし――ね？」

「……勝てるわよね？　間に合うわよね？」

　ふと真剣《しんけん》な表情になったラフィニアが、イングリスの手をきゅっと握る。

　ここでロシュフォールと戦ったのは、あくまで前哨戦《ぜんしょうせん》に過ぎない。

　竜鱗《りゅうりん》の剣《けん》やそれを使った新たな戦技を試す事が出来たのはとても良かったが――本当の戦いはまだこれからだ。

　まだ前線基地であるアールメンの街に虹の王《プリズマー》は姿を見せていない様子だが、この後手短に任命式を終えて、急いで向かわなければならない。

　それらを思って、ラフィニアは少々不安になったようだ。

「任せて。わたしはラニの従騎士だから、ラニを悲しませるような事は起こさせないよ」

「うん、信じてるからね――？」

「うん。大丈夫だよ――じゃあ行こうか、国王陛下やレダスさんが待ってるから」

任命式前のイングリス達の衣装替えを、皆が《が》待ってくれているのだった。

イングリスはラフィニアの手を引いて、支度《したく》部屋の出口へ向かう。

――少々、胸が締《し》め付けられるような緊張《きんちょう》感を感じる。

「ふう……ちょっときついかなあ――？」

無論、服の胸元《むなもと》が少々窮屈《きゅうくつ》だったせいだ。

布地がぴんと張ってしまっている。

「ここもエリスさんとリップルさんと同じなのかなあ……ちょっと苦しい――」

言いながら、少々胸元をもぞもぞとやって緩《ゆる》める。

少しは楽になったような感じがする。

そんなイングリスを、ラフィニアは非常に不貞腐《ふてくさ》れた目で見ていた。

「……何それ、あたしに対する自慢《じまん》？　こっちは胸ゆるゆるなんですけど？」

「え……？　あははは、ラニもすっごく似合ってるから、そんな事気にしなくて大丈夫だよ？　うん可愛い可愛い――」

ラフィニアがこういう話題でこういう目つきになると、大抵《たいてい》直後に胸をまさぐられたりリンちゃんを過剰《かじょう》にけしかけられたりする運命が待っているので、イングリスは慌《あわ》てて誤《ご》魔化《まか》した。

ラフィニアの格好も、イングリスと同じ騎士団長用の衣装に変わっていたのだ。

エリスとリップルの寸法であろう衣装の胸元は、イングリスには窮屈でラフィニアには緩過ぎるようだった。

丁度支度部屋を出たイングリスとラフィニアに、レダスや騎士達から声がかかる。

「おお……！　これは何とも――！」

「お二人とも、よくお似合いですぞ……！」

それを聞きつつ、イングリスはラフィニアのご機嫌《きげん》を取ろうとする。

「ほ、ほらほら。みんな似合ってるって言ってくれてるし、大丈夫だよ？」

ラフィニアはふう、と大きくため息をつく。

不貞腐れた顔からまた別の、緊張気味の顔になっていた。

「ほ、ホントに大丈夫なの？　あたしまでこんな事になっちゃって……」

エリスやリップルと同じ衣装に身を包んだイングリスとラフィニア。

二人が騎士団長の紋章を背負うという事は、そういう事だ。

イングリスは臨時緊急名誉《きんきゅうめいよ》近衛騎士団《きしだん》長代行次席。

ラフィニアは臨時緊急名誉近衛騎士団長代行首席。

という事になったのだ。

ラフィニアに対するカーリアス国王の問いかけに、ラフィニアを黙《だま》らせてイングリスが申し出たのがこれである。

「いいんだよ。国王陛下が許してくれたんだから、堂々としてればいいんだよ」

「で、でもねえ――そうは言われても……」

「大丈夫だよ。やる事はいつもと変わらないよ？」

つまり、ラフィニアと共に強敵の目の前に行って戦う、という事だ。

イングリス達の行為《こうい》にカーリアス国王がお墨付《すみつ》きをくれると考えればよい。

「非常勤だから、これが終わったらまた騎士アカデミーに戻れるし――それに、わたしはラニの従騎士だから、この方が自然なんだよ。わたしだけ騎士団長だと、従騎士として面《めん》目《ぼく》が立たないでしょ？」

どこの世界に、支えるべき主を役職で追い抜《ぬ》く従騎士がいるのか。

そうなってしまってはもう従騎士とは言えない。

が、自分はラフィニアの従騎士。

イングリス・ユークスの生き方として、それは絶対だ。

ならば――ラフィニアには少しだけでもいい、自分の上に立っていて欲《ほ》しい。

だからこそのイングリスが次席、ラフィニアが首席だ。

「ふふっ。何言ってるのよ、まあクリスがそうしたいから――って事ね？」

ラフィニアが可笑《おか》しそうにくすくすとしている。

「うん、そうだね」

流石《さすが》にラフィニアが何もしていないのにこんな事は出来ないが、カーリアス国王の方からラフィニアの功績は大きいと言い、望みを聞いてくれたのだから、言ってみたまでだ。

カーリアス国王としては、その方がイングリスを操《あやつ》りやすいという計算もあるだろう。が、それでいい。これでイングリスもより気持ちよく虹の王《プリズマー》との戦いに臨《のぞ》む事が出来るし、何も問題ない。お互いに得しかない話だ。

「じゃあ、分かった。騎士団長代行首席として次席さんに作戦司令ね？　『何とかしなさい』。これでいい？」

「はい、了解《りょうかい》しました」

と笑い合いながら、イングリスとラフィニアはカーリアス国王の前に出る。

大広間は既《すで》に宴《えん》の支度がされていて、色々な料理の色々ないい匂《にお》いが充満《じゅうまん》していた。

任命式とささやかな宴と聞いていたがとんでもない、十分なごちそうが十分な量用意されていた。

「おおお――すごい……！」

「うわぁ――！　あ、あたしお魚食べたい……！　あと蟹《かに》とか海老《えび》とかも――！」

「そうだね、最近竜のお肉ばっかり食べてたから、お魚食べたいね……！」

神竜の肉は極上の味だが、肉ばかり食べていたら他《ほか》の物も食べたくなるのが人情である。

この料理達はそのイングリス達の欲求に十分こたえてくれそうだ。

「うむ。来たな――二人とも、我《わ》が国《くに》の存亡をかけた戦いに相応しき出で立ちよ。良く似合っておる」

イングリスとラフィニアを迎《むか》えたカーリアス国王は、満足そうに頷いた。

「「ありがとうございます」」

恭《うやうや》しく一礼し、二人はその前に跪く。

「事は急を要する。手短に済ませよう――この危機の折、イングリス・ユークス、ラフィニア・ビルフォードの両名に我が近衛騎士団の全権を託《たく》す。直ちにアールメンに赴《おもむ》き、虹の王《プリズマー》を撃退《げきたい》して参れ――！」

「「はい……！」」

イングリスとラフィニアが再び声を揃える。

「イングリス殿！　ラフィニア殿！　おめでとうございます！」

　レダスが真っ先に大きな声を上げ、拍手《はくしゅ》を始める。

「『おめでとうございます！』」

「『よろしくお願いいたします！』」

　配下の騎士達《きしたち》も、レダスと同じように拍手をする。

「では、ささやかながら宴を用意した。せめてわずかな間だけでも、英気を養って行くが良い――」

「『はい！　ありがとうございます！』」

　イングリスとラフィニアが目を輝《かがや》かせた時――

「国王陛下！　国王陛下――――ッ！　アールメンより伝令です！　虹の王《プリズマー》がアールメン近郊《きんこう》まで接近との事！」

　慌てて飛び込《こ》んで来た騎士が、そう報告をした。

「……!?　聞いてたより早いね……！」

　まだ数日の猶予《ゆうよ》があるとの話だったが、虹の王《プリズマー》の動きに何らかの変化があったようだ。

　それが何かは分からないが――良い事ではないのは間違《まちが》いないだろう。

　もう一刻の猶予もない。

「は、早く兄様の所へ行かなきゃ――！」

だが――

ぎゅ～！　ぎゅぎゅぎゅぎゅ～！

二人のお腹《なか》は、また別の主張もしていたりもする。

「「……」」

イングリスとラフィニアは顔を見合わせて、その後深々と頭を下げる。

「「国王陛下、お許し下さい――――！」」

そして――

「よしクリス！　全速力！」

「うん――――！　行くよ！」

イングリスは星のお姫様号《スター・プリンセス》の動作切替《きりかえ》レバーを勢いよく引き上げる。

ガチンッ！　ヴィイイイイイイイインッ！

唸《うな》りを上げる機体。アールメンまでの距離《きょり》であれば、これが一番早い。

アルカードから血鉄鎖《けってつさ》旅団の船で戻って来る時に一緒《いっしょ》に積《つ》み込んでおり、それを王宮に先乗りするレダスが使用していたのだ。

「「では、出撃《しゅつげき》します！」」

「う、うむ――頼むぞ……！」

凛《りん》と表情を引き締めるイングリスとラフィニアに、カーリアス国王は頷く。

それを合図に飛び立って行くイングリスとラフィニアは、それぞれ大きな包みを抱えていた。

それは、先程《さきほど》出された料理である。

食べる時間が無かったため包んだのだ――授かったばかりの紋章入りの外套で。

流石にカーリアス国王の目の前で食べたりしないが、飛びながら腹ごしらえだ。

「さ、流石イングリス殿の行動は予測できませんな……！」

「あの外套を風呂敷《ふろしき》代わりに……!?」

「お、畏《おそ》れ多《おお》いですな――」

高速で遠ざかる星のお姫様号《スター・プリンセス》を見つつ、騎士達が呟いていた。

「大事の前の小事よ。腹が減っては戦は出来ぬと申すだろう――」

カーリアス国王は周囲の声に泰然《たいぜん》と応じていた。

◆◇◆

アールメンの街――

街は夜に眠《ねむ》る事無く、極度の緊張と喧騒《けんそう》に包まれていた。

「急げ――ッ！　間も無く敵の集団がここに現れるぞ！　配置に着け――ッ！」

「地下坑道《こうどう》への入り口は全開放！　いつでも迅速《じんそく》に退避《たいひ》可能な状態にしておけッ！」

アールメンの街は、元々虹の王《プリズマー》が氷漬《づ》けの状態で安置されていた場所だ。街の造りは、それを前提に整備されている。

街の地下坑道もその一つだが、今回の戦いに備えてそれをさらに拡張。食料などの物資も運《はこ》び込み、地下要塞《ようさい》化してある。

先代特使ミュンテーや、現在のセオドア特使の時代になってからは、カーラリアの軍に機甲鳥《フライギア》や機甲親鳥《フライギアボート》が普及《ふきゅう》し始めているが、まだまだ全《すべ》てに行き渡《わた》る程《ほど》ではない。

地上のみの部隊が広範囲《こうはんい》にわたる攻撃《こうげき》から身を隠《かく》しながら戦う事が出来るように、という意味での準備である。

虹《プリズマー》の王を迎え撃《う》つべく、慌ただしく地下坑道から飛び出して、配置に向かう騎士達――

そんな鬼気迫《ききせま》る様子を、ユアはぼーっと眺《なが》めていた。

街の中で一番背の高い建物の屋根の端《はし》にちょこんと座《すわ》り、足をぶらぶらとさせながら。

ここは元々虹《プリズマー》の王が安置されていた建物らしい。

そういう場所で寛《くつろ》ぐのはどうかと言われたが、ユアはこの場所が好きだった。不思議と落ち着くのである。

暇《ひま》さえあればここでサボっていて、今もサボっている。

「おーい！　ユアー！」

そんなユアの名を呼ぶ声が聞こえる。

こちらに近づいてくる機甲鳥《フライギア》からだ。

「モヤシくん――なに？」

騎士アカデミーの同級生のモーリスだった。

ユアにとって数少ない友達のうちの一人である。

「なに？　じゃないだろう！　この騒《さわ》ぎが目に入らないのか!?　虹《プリズマー》の王が来るんだ！」

もう一人、別の機甲鳥《フライギア》に乗って来たシルヴァが、ユアを怒鳴《どな》りつけた。騎士アカデミーから来た生徒達にも集合がかかったが、ユアが来ないのでモーリスに居場所を聞き迎えに来たのだった。

「メガネさん――ごめんなさい。ここ、気持ちいいから――」

「……全く君は大したものだよ。この状況《じょうきょう》で何も恐《おそ》れず、全くいつも通りにしていられるんだからな――！」

「――褒《ほ》められた。あざっす」

「褒めてなどいないっ！　皮肉を言っているんだ！」

とはいえシルヴァの本音を言えば、半分褒めているのは確かだった。

皆《みな》が恐れを押《お》し殺して虹の王《プリズマー》との戦いに臨もうとする中、ユアだけは泰然自若《たいぜんじじゃく》でありいつもと変わりが無い。それは見事だと言えるだろう。

「やれやれ、お前を見てると何とかなりそうな気もして来るよ、全然ビビってないし」

モーリスはふうとため息をつく。

「ビビる必要ない。そんなに怖《こわ》くない――よ？　感じるから――」

「……とにかく集合だ！　校長先生の所へ行くぞ！　モーリス君の後ろに乗せて貰え！」

「うぃす」

ユアはひょいとモーリスの機甲鳥《フライギア》に飛び乗った。

「よし、行くぞ――！」

シルヴァが先導し、街の東側の防壁《ぼうへき》沿いへと進路を取る。

風を切りながら街の上空を進む中——

「む——！　来たぞ、魔石獣の群れが見える——！」

シルヴァの言う通り、東の空に飛鳥型の魔石獣の一団が姿を現し始めていた。

その事を一早く地上に展開する騎士達に伝えるため、シルヴァは声を張り上げる。

「皆さん！　東から敵影《てきえい》です！　飛鳥型の魔石獣の群れが多数！　ですが一部は何かを足に掴んで抱えて……！　あれは——ひ、人型……！　人型の魔石獣です——！」

「ひ、人型の魔石獣……!?」

「何だそれは——!?」

「そんなものが——!?」

シルヴァの呼びかけに、地上の騎士達に動揺《どうよう》が広がる。

失敗だったかもしれない——が、嘘《うそ》を言うわけにもいかなかった。

獣人種の魔石獣は依然《いぜん》目にした事があるが、それは雰囲気《ふんいき》が違う。

それにもう全滅《ぜんめつ》して、二度と現れる事は無いはずだ。

ならばあれは何だ——？

虹の王《プリズマー》はその存在自体が虹の雨《プリズムフロウ》のような効果を持ち、周囲の生き物を魔石獣化してしまう。

天上人《ハイランダー》は虹の雨《プリズムフロウ》への抵抗力《ていこうりょく》が弱く、その影響《えいきょう》を受けてしまうというから、天上人《ハイランダー》が変わってしまったものだろうか？　しかしそれにしては、数が多すぎる――

あんなに大勢の天上人《ハイランダー》が、虹の王《プリズマー》に近づこうとするはずが無い。

彼等は虹の雨《プリズムフロウ》や虹の王《プリズマー》の脅威《きょうい》を避《さ》けて安全に暮らすために天上領《ハイランド》にいるのだから。

「し、シルヴァ先輩《せんぱい》……！　あれは一体……!?」

「分からない――！　とにかく、校長先生に……！」

シルヴァ達は東の防壁上空に位置する騎士《きし》アカデミーの機甲親鳥《フライギアポート》へと急ぐ。そこにミリエラ校長がいて、生徒達を指揮していた。

「校長先生！」

「あ、シルヴァさん！　ユアさんを連れて来てくれましたね、ありがとうございます！」

「それよりも校長先生――！　あの人型に見える魔石獣は何ですか――!?　天上人《ハイランダー》があんなにも多く巻き込まれたとは思えませんし、獣人種の魔石獣も全滅させたはずですが――!?」

「分かりませんが、今それを考えている余裕《よゆう》はありません！　魔石獣は魔石獣です！　迷わず迎撃《げいげき》を！」

ミリエラは厳しい表情でぴしゃりと言い放つ。

「し、しかし先生――」

そうシルヴァが言った時――

朝靄《あさもや》のなものが急速に周囲に満ちて行くのを感じた。

それは幽《かす》かにキラキラと、虹色《にじいろ》の輝きを帯びていて――

「な、何だ……!?」

「こいつ、虹の雨《プリズムフロウ》に似てやがる――!?」

地上部隊の騎士達から声が上がる。

「警戒《けいかい》しろ！　周囲の小動物が魔石獣化するかも知れんぞ――」

そんな中で――

「うぐあぁぁぁぁぁぁぁぁぁっ!?」

一人の騎士が、悲鳴を上げて倒《たお》れ伏《ふ》した。

そしてそのまま、その体が変貌《へんぼう》して行く。

見る見る体が肥大化して大きくなり、鉱物のように硬い外皮に覆《おお》われ、体のあちこちに宝石のような輝きが――

「ま、魔石獣化……!?」

「そんな馬鹿な――!?　人が魔石獣に変わるなど――!?」

シルヴァの抱《だ》いた危惧《きぐ》は誤りではなかったのだ。

目の前で見たのだ。決して見間違《みまちが》いなどではない。幻《まぼろし》でもない。これは現実だ。

そして声を上げたのは、その騎士一人ではなく――

「う……!?　うあああぁぁぁ熱い！　虹の粉薬《プリズムパウダー》がッ!?」

ユアを後ろに乗せ機甲鳥《フライギア》を操縦していたモーリスが、体を震《ふる》わせて苦しみ始めたのだ。

服の裏側に何か隠しているのか、胸元が激しく虹色に輝いていた。

「モーリス君！　何かは分からないがそれを捨てろ！　危険だ――！」

しかしシルヴァの言葉は間に合わず、機甲鳥《フライギア》は制御《せいぎょ》を失い墜落《ついらく》する。

「……っ!?」

ユアは船体から飛び降りて着地して事無きを得た。

しかし、モーリスは船体と共に地面に衝突《しょうとつ》して止まり――

先程の騎士と同じく、見る見るうちに体が変質して行く。

「モヤシくん……？」

ガアアアアァァァァァァッ！

ユアの呼びかけに、モーリスは言葉にならない言葉で応じた――

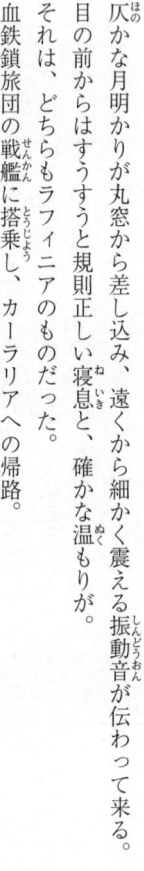

番外編 ◆ ラフィニア対レオン

仄《ほの》かな月明かりが丸窓から差し込み、遠くから細かく震える振動音《しんどうおん》が伝わって来る。

目の前からはすうすうと規則正しい寝息《ねいき》と、確かな温《ぬく》もりが。

それは、どちらもラフィニアのものだった。

血鉄鎖旅団の戦艦《せんかん》に搭乗《とうじょう》し、カーラリアへの帰路。

イングリスとラフィニアは静かな夜を過ごしていた。

――すなわち、これは異常事態である。

普段《ふだん》ならラフィニアが元気よくいびきを立て、賑《にぎ》やかな夜になっているはずだから。

イングリスはもう慣れたものだが、普通《ふつう》の人には中々耐え難《がた》いもののようで、アルカードへの遠征《えんせい》中に同じ部屋で就寝《しゅうしん》していたレオーネやリーゼロッテ達は、耳栓《みみせん》をしてやり過ごしていたほどだ。テントを分けて野営した隣のテントのラティが音を上げた事もある。

それがこんなにも静かなのは、ラフィニアに辛い事や悲しい事があった時――つまり、精神的に不安定になっている時だ。幼い頃《ころ》から共に育って来たイングリスには、それが良く分かっていた。

やはり表面上気丈《きじょう》に振舞《ふるま》っていても、ラファエルの身に迫《せま》る危機を考えると気が気ではないのだろう。こうして休んでいると余計にそういう思いが募《つの》り、不安で元気ないびきが消えてしまうのだ。

「ラニ――大丈夫、大丈夫だよ。わたしが何とかするから……ね？」

イングリスは一緒に横になるラフィニアの髪をそっと撫《な》で続けていた。

ラフィニアはイングリスを抱き枕《まくら》のようにして、胸元に顔を埋《う》めて寝入《ねい》っている。

今でも一緒の寝台《しんだい》で寝《ね》る事は多いのだが、これだけラフィニアがくっ付いてきて、しかも静かなのは、今のように何か大事があった時だけである。

原因となっている事象の一切《いっさい》を無視すれば、イングリスとしてはこの時間は嫌いではなかった。落ち着いて静かにラフィニアの寝顔《ねがお》を見ていられるのは、こんな時だけだから。

「兄さま……あたし達がんばるから……」

寝言《ねごと》だ。夢の中でもラファエルを救おうと奮闘《ふんとう》しているのだろう。

「うん、そうだね。がんばろうね――」

背中を摩《さす》ってあげながら、自分も目を閉じようとした時――

胸元がもぞもぞと動き出す。その犯人は、眠るラフィニアの手だった。

「もう――」

もうずっと昔からの癖《くせ》で、こういう時のラフィニアは無意識にイングリスの胸を触《さわ》りたがる。伯母《おば》イリーナが赤子のラフィニアをこう寝かしつけていたのだろうか、その癖が未《いま》だに残っているのかも知れない。

イングリスの胸の膨《ふく》らみがこうして発育する前からそうだった。今もこんな癖があるなど、ラフィニア自身も分かっていないだろう。

イングリスとしてはそれで安心するのならばと、特に拒否《きょひ》せず好きなようにさせて来た。だから未だに癖が残ってしまっているのかも知れないが――

どうせ直すなら普段のいびきを直して欲しいので、これはまあ、このままで構わない。

「……ラニがいっぱい触るから、こんなになったのかも――ね」

イングリスは苦笑《くしょう》しながらも、瞳《ひとみ》を閉じる。

まあ、ラフィニアは胸を大きくしたいと言って、よくお風呂《ふろ》で自分の胸を揉《も》んでいるがあまり効果の程は見られないので、気のせいだろうが。

むにむにむにむにむに――

何だか、ラフィニアの手の元気が良くなった気がする。

片手だけでなく、両手で。それも滑《なめ》らかな手が服の内側に滑《すべ》り込んで来て――

「ん……ちょ、ちょっとラニ……そんな強くは……んぅっ……！」

流石に寝ぼけ過《す》ぎではないだろうか。思わず目を開くと――

ぱっちり目を開いたラフィニアと、視線が合った。

「!? ラニ――！」

「お？　あー起きちゃったかぁ。ねえねえちょっとコーフンしてた？　コーフン」

「し、ししないよっ……！　わたしはまだ寝てないし、ラニこそ起きてるなら変な事しないで！　もう――！」

「いや、目が覚めたら丁度クリスの胸が目の前にあって、クリスも嫌《いや》がらないからそのまま楽しんじゃえ♪　って――ちょっと嫌な夢見ちゃったから、気分転換《てんかん》にね～」

「――どんな夢を見てたの？」

「……みんなでラファ兄様のお葬式《そうしき》をする夢」

ラフィニアの声が、少し震えていた。

「ラニ――」

イングリスはラフィニアをぎゅっと抱きしめる。

「……い、今だけならいいよ？　さっきの続きの気分転換してても。でも、さっきよりは優《やさ》しくお願い――」

「ふふっ。いいわよ、大丈夫《だいじょうぶ》。いつもはクリスの成長を吟味《ぎんみ》してるだけだし。そんな赤ちゃんみたいな甘《あま》え方《かた》しないわよ」

「…………」

実際その位昔からの癖がまだ残っているのだが――？

まあ自覚が無いならば、あえて言う必要も無いだろう。

「でも、ん～～！　何か目が冴《さ》えちゃったわね、ちょっと寝られないかも――」

ラフィニアは寝台から立ち上がって伸びをする。

窓の外に見える月夜はまだ明ける気配は無いが――

「じゃあ、少し体でも動かしに行く？」

「そうね。そのほうが気が紛《まぎ》れるかも――ついでにお夜食もね！」

「じゃあ、格納庫だね――？」

体を動かすのに十分な広さもあるし、持ち込んだフフェイルベインの尾《お》も置いてある。

少し切り出して焼けば、手軽に夜食は調達できる。

「うん。じゃあ行こ、クリス」

イングリスとラフィニアが格納庫に向かうと――

ガイイインッ！　ガガガガガッ！

激しい衝突音《しょうとつおん》がそちらから響《ひび》いて来た。

「「レオンさん！」」

二人が同時に名前を呼ぶ。

格納庫に鎮座《ちんざ》する神竜の尾に、レオンが鉄手甲《てっこう》の魔印武具《アーティファクト》で打ち込みを行っていた。

以前見たものと、少々形状が違うだろうか？

ともあれ響いて来た音の大きさが、打ち込みのその激しさを物語っている。

「ん？　よぉ、二人とも。眠れないのかい？　だけど、寝られるうちに寝といたほうがいいぜ？」

レオンは額に滲《にじ》んだ汗《あせ》を拭《ぬぐ》い、笑顔《えがお》を見せる。

「はい――レオンさんこそ、こんな時間に訓練ですか？」

ラフィニアがそう尋《たず》ねる。

「まあね――悪いけど君達が持って来たのを使わせて貰《もら》ったぜ？　こいつぁ竜の尾だった

よな？　この鱗《うろこ》、とんでもない強度だからな――打《う》ち込みには丁度良くてな」

「構いませんが――どうせなら、動く的の方が打ち込みがいがあるのでは？」

イングリスはにこにこと、レオンに向かって呼びかける。

「よせやい。その的は打ち込んでも全然当たらなかったり、こっちが血反吐《ちへど》を吐《は》く勢いで殴《なぐ》り返して来たりするんだろうが。これから虹の王《プリズマー》とやろうって時に、大怪我《おおけが》で動けませんでしたじゃ情けなさ過ぎるぜ」

「そうですか？　せっかく勇気を出して女性から誘《さそ》ったのに、意地悪ですね……その新しい魔印武具《アーティファクト》も気になるのですが――」

イングリスは文字通り、指をくわえてレオンを見ていた。

「君の場合は、誘いの意味が普通の女性のそれじゃないからなあ……」

レオンは苦笑をして、再び神竜の尾に打ち込みを始める。

その勢いは激しいようでいて――ムラが大きく、散漫《さんまん》だった。

レオンらしくもない動きだ。その理由は――心当たりが無くもない。

「レオーネ達が残っている野営地に向かっているアルカード軍を率いているのは、ラティのお兄さんのウィンゼル王子という方らしいですが――腕《うで》が立つ方なのですか？」

イングリスが笑顔で尋ねると、レオンは再び動きを止める。

「数は多くは無いが、俺達《おれたち》の仲間でアルカードに潜入《せんにゅう》してた奴《やつ》もいる。あくまで情報収集程度だがな――」

元々アルカードは虹の雨《プリズムフロウ》の降る量が少なく、魔石獣《ませきじゅう》の被害《ひがい》は少なかった。必然、天上領《ハイランド》への依存度《いそんど》も低くなり、反天上領《ハイランド》の血鉄鎖旅団としては、それ程重要視する土地柄《とちがら》ではない。

――とはいえ一連のイーベルやティファニエの動きにより天上領《ハイランド》の介入《かいにゅう》が大きくなったため、様子を探《さぐ》らせていた、という所だろう。

「……その、相手の総大将のウィンゼル王子な。話を聞いてみたら、最近になって特級印を身に付けた――なんて噂《うわさ》もあるそうだ」

「特級印……!?　じゃあラファ兄様やレオンさんと同じ……!?　でも、特級印って生まれつきの才能なんじゃ……!?」

「下級印が成長して中級印になった……ってくらいならたまに聞かなくもないな。魔印《ルーン》は必ずしも後天的に成長しないわけじゃねえ、『洗礼の箱』で刻み直す必要はあるがな。それで特級印になったなんざ初耳だけどさ」

「で、でもじゃあ――みんなはそんな強い騎士を迎え撃つ事になるの……？　あ、そ、そうか――！　だから……！」

「――だから？」

レオンの問いに、ラフィニアは首を振《ふ》る。

「い、いえ。何でもありません……」

それ以上言うのも野暮《やぼ》だ、と思ったのだろう。

それは正しい。イングリスも同じ事を思っている。

だから、レオンに先程の質問をした。

つまり、レオンが今こうして眠れずに体を動かしているのは、虹の王《プリズマー》との戦いを懸念《けねん》したものではない。レオーネの身を案じてのものなのだ。

レオンは元聖騎士。天恵武姫《ハイラル・メナス》の真実は元々知っている。しかも肝《きも》の据わった強固な信念を持つ、一廉《ひとかど》の武人だ。

ラフィニアのように急に事実を知らされて、動揺するというような事があるはずが無い。

レオーネの事は心配だが、虹の王《プリズマー》との戦いに向かわねばならない――その板挟《いたばさ》みの状況が、レオンをこうさせているのだ。

「ねえレオンさん、クリスとじゃなくてあたしと手合わせしてくれませんか？　あたしもちょっと寝られなくて、あたしが体を動かしたくて来たんです」

「ん？　まあ、それは構わないけど――さ」

「ありがとうございます！　せっかくだから何か賭《か》けませんか？」

「何だい？　いいけどメシ代でも賭けるのか？　君とは食べる量が全然違《ちが》うから、こっちばっかり損だけどな――」

「いえ、違います。あたしが勝ったらレオンさんは、今すぐこの船を降りて下さい」

レオンの気持ちが分かったのならば――あえてそれを指摘《してき》するのではなく、黙って背中を押す。そういう事だ。それでいいと思う。

「――！　じゃあ、俺《おれ》が勝ったら……？」

「泣いちゃいますっ」

ラフィニアはちょっと舌を出して、悪戯《いたずら》っぽく笑う。

「おいおい。それじゃ俺が女の子を泣かす酷《ひど》い奴になっちまうよ……！」

「ふふふ、レオンさんはそんな酷い事しないって信じてますから」

「い、イングリスちゃん、何とか言ってくれ、助けてくれよ――」

「……じゃあわたしは、今回は立会人になりますね？　では、始めっ！」

「おいおいおい……！　酷いな！　無理やり過ぎるぞ――！」

しかし表情は怒《いか》りではなく、ばつの悪そうな苦笑だ。

「よし試合開始っ！　行きますね――！」

ラフィニアはレオンに向け、魔印武具《アーティファクト》の弓を引き絞《しぼ》った。

あとがき

まずは本書をお手に取って頂き、誠にありがとうございます。

英雄王、武を極めるため転生すの第七巻でした。楽しんで頂けましたら幸いです。

今巻でこれまでの僕が書いてきたシリーズの中でも、この英雄王が最長のシリーズという事になりました。

最高記録更新して、それだけで十分ありがたい事なのですが、既に色々発表のあった通り、アニメ化までして頂くことになりました。マジでびっくりですね。

俺みたいな人間の作品がそんな大事になってしまっていいのか？　という気持ちもあるのですが、一生の記念になる出来事ですので、ここは素直に喜びつつ、読者の皆様や本作に関わって下さった皆様にお礼を申し上げたいです。改めて、ありがとうございます！

多分僕が死ぬ直前も、英雄王がアニメ化した事を思い返して、良い人生だったなあと振り返るんだと思います。

ただこれで終わりではないので、今後とも頑張って行きたいです。

まだまだ英雄王で書きたい事、書かなければいけない事もありますし、全く別のシリーズとかも書いたりしたいです。

個人的には、複数シリーズ並行して書くのが理想かなと。

何故なら1シリーズのみの進行ですと、それが終わった時に途端に収入が途切れてしまうから。リスク分散は大事ですよね。

ゲームのシナリオのお仕事とか、漫画原作のお仕事とかも、もし需要があれば並行してやってみたいなあとか思います。

なのですが、今気になる事が一つ――

前巻のあとがきでも書きましたが、最近本業（ＳＥ）を退職して、暫く専業化でやって行こうとしています。

理由は本業が多忙で兼業がキツくなったからでしたが、あの時に落ち込んだ執筆ペースが、専業化しても何だかあまり戻りません。

もっとガリガリとハイペースで書きたいのですが、これって何なのかと……

恐らく一番書けていた頃は、本業で適度にかかったストレスを、小説を書いてスッキリするみたいなサイクルが成立していたと思います。

光と闇がお互いにせめぎ合って、最強の戦士が――みたいなことですね。

で、闇が強くなり過ぎて小説が書けなくなったのに耐えかねて闇を取り払ったら、今度は光の輝きが鈍ったまま戻らない、みたいな……

ただまあ、以前は毎日3～4時間睡眠が当たり前だったところが7～8時間睡眠になりましたので、人としての寿命は伸びた気がしますが――

始業時間の縛りも通勤も無くなり、環境に甘えていると言えばそれまでですが、何とか早く専業でのサイクルを確立したい所です。

最後に担当編集N様、イラスト担当頂いておりますNagu様、並びに関係各位の皆さま、今巻も多大なるご尽力をありがとうございました。

今巻の表紙、これまでで1、2を争うくらい好きです！　思わずＰＣの壁紙にしてしまいました！

それでは、この辺でお別れさせて頂きます。

次巻予告
氷漬けの
虹の王による侵攻――
迎撃のために集う騎士たちだが
予想外の連続により現場は混迷を極めていた。
天恵武姫たちの切実な祈りの中、
最強戦力たる美少女騎士見習いは
この戦況を覆せるのか……!?

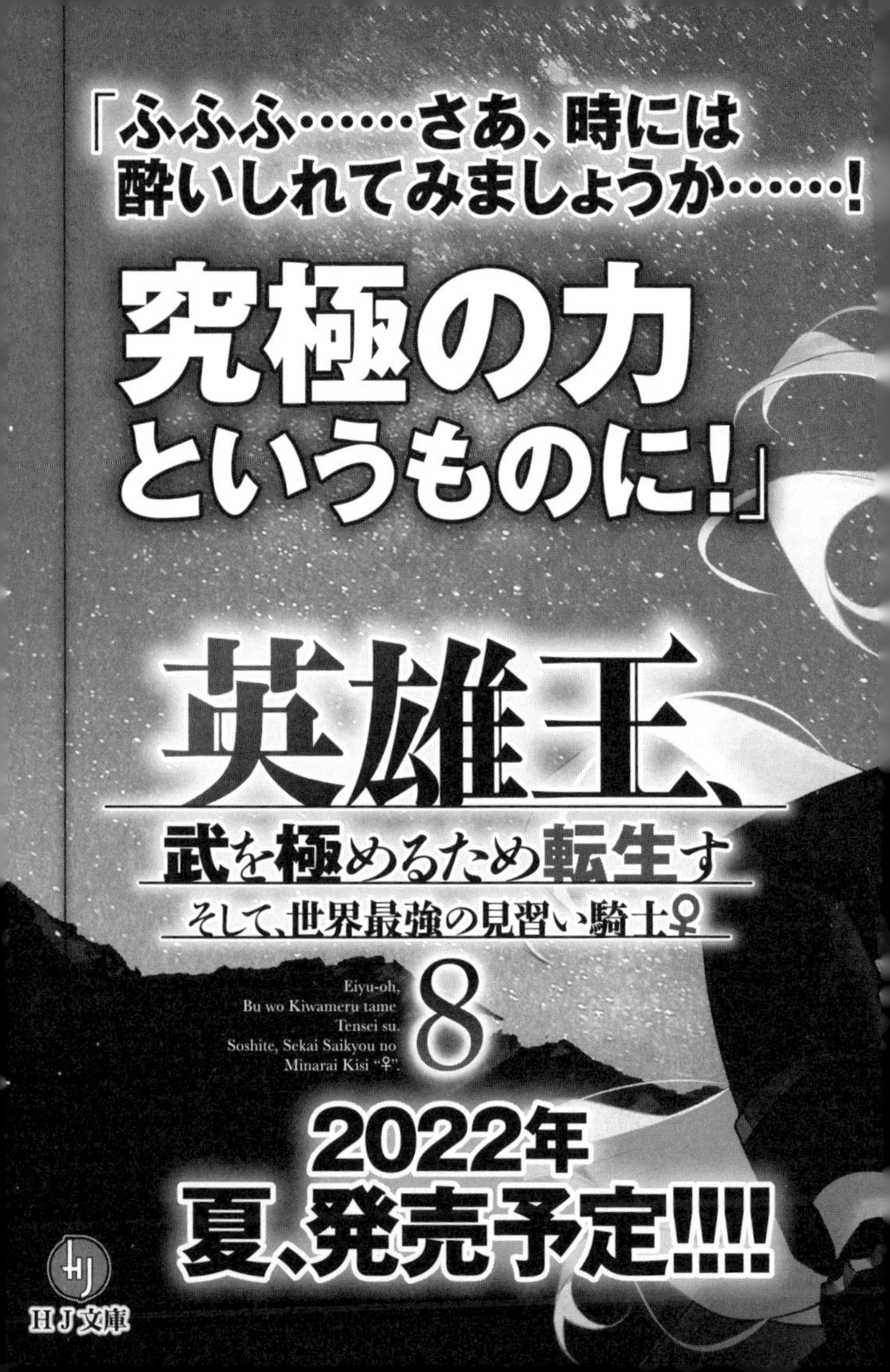
「ふふふ……さあ、時には
酔いしれてみましょうか……！
究極の力
というものに！」
英雄王、
武を極めるため転生す
そして、世界最強の見習い騎士♀
8
Eiyu-oh,
Bu wo Kiwameru tame
Tensei su.
Soshite, Sekai Saikyou no
Minarai Kisi “♀”.
2022年
夏、発売予定!!!!
HJ文庫

HJ文庫 https://firecross.jp/
1004

英雄王、武を極めるため転生す ～そして、世界最強の見習い騎士♀～ 7

2022年5月1日　初版発行

著者――ハヤケン

発行者―松下大介
発行所―株式会社ホビージャパン

〒151-0053
東京都渋谷区代々木2－15－8
電話　03(5304)7604（編集）
03(5304)9112（営業）

印刷所――大日本印刷株式会社

装丁――BELL'S GRAPHICS／株式会社エストール

Printed in Japan

ISBN978-4-7986-2826-4　C0193

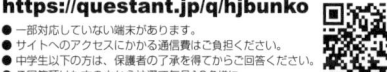

HJ文庫 https://firecross.jp/
1081

最凶の魔王に鍛えられた勇者、異世界帰還者たちの学園で無双する 4

2023年5月1日　初版発行

著者――紺野千昭

発行者―松下大介
発行所―株式会社ホビージャパン

〒151-0053
東京都渋谷区代々木2-15-8
電話　03(5304)7604（編集）
　　　03(5304)9112（営業）

印刷所――大日本印刷株式会社

装丁――小沼早苗（Gibbon）／株式会社エストール

Printed in Japan

ISBN978-4-7986-3167-7　C0193

ファンレター、作品のご感想
お待ちしております

〒151－0053　東京都渋谷区代々木2－15－8
(株)ホビージャパン HJ文庫編集部 気付
紺野千昭 先生／ fame 先生